当代作家精品·散文卷　主编　凌翔

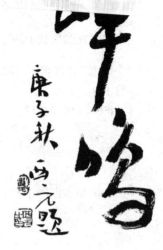

呼鸣

康子秋 画元题

音川 著

民主与建设出版社
北京

图书在版编目 (CIP) 数据

蝉鸣 / 音川著 . —北京：民主与建设出版社，
2021.11
ISBN 978-7-5139-3696-5

Ⅰ . ①蝉… Ⅱ . ①音… Ⅲ . ①散文集－中国－当代
Ⅳ . ① I267

中国版本图书馆 CIP 数据核字（2021）第 212880 号

蝉鸣
CHANMING

著　　者	音　川	
责任编辑	周佩芳	
出版发行	民主与建设出版社有限责任公司	
电　　话	（010）59417747　59419778	
社　　址	北京市海淀区西三环中路 10 号望海楼 E 座 7 层	
邮　　编	100142	
印　　刷	三河市金元印装有限公司	
版　　次	2021 年 12 月第 1 版	
印　　次	2021 年 12 月第 1 次印刷	
开　　本	710 毫米 ×1000 毫米　　1/16	
印　　张	14	
字　　数	200 千字	
书　　号	ISBN 978-7-5139-3696-5	
定　　价	49.80 元	

注：如有印、装质量问题，请与出版社联系。

序

蝉鸣！蝉鸣……

朋友臧桂昌，笔名是音川，他即将出版《蝉鸣》一书，让我写个序。提起笔，脑海里一股脑涌现出很多画面，该写的事很多，然而，千头万绪，一时间又难下笔。

桂昌的文笔是极好的，你看他写的父亲，怎么爬到父亲身上，怎么用自己的身体去暖和父亲冰冻的双脚……他父亲我见过，是山东农民的那种典型形象！袒露的古铜色的胸膛、铺满皱纹的略长的脸庞、那粗壮的臂膀……都写满了忠厚、朴实和沧桑！

他的文字感人！文笔细腻，感情真切，真切到让人嫉妒，特别是我。看了他对父亲的各种回忆，我羡慕到受不了！因为我没有，我父亲在我八个月时去世，我痛恨自己没有关于父亲的任何记忆。我曾经测试过我的孙子，看他记不记得八个月左右的事，不记得！八个月，不用测试，不可能有记忆，但我仍然要测试，因为我希望有！

桂昌是我的哥，我没有亲哥，他比亲哥更亲。

他回忆在高中时我们的学习时光，可以说，当时画画我主要向他学，那时学习资料匮乏，学校也不重视这美术组。他考取南京艺术学院，我的劲头更足了，他寄给我在南艺的作业，我心里有了些底。再后来，我也背个包，第一次坐上火车去南京，住在他三姐家，去考南京艺术学院。

这之后才有了我南艺的学习生涯……这些他都写了，他给我写了好几篇文章，篇篇精彩，感人至深。

记得在诸城一中，一次周日，我去井边洗鞋子衣服之类，他已经在那里洗开了，人多，大家挤在一起等水。我说先回去，等人少了再来洗。谁知回到宿舍，我躺下便睡着了，后来他帮我把衣物洗完，来到我宿舍，见我睡得正香，轻轻地说"你真能睡"！话里责怪中带着欣赏、还有哥的呵护……那年我十八岁。

工作后，他在镇江我在南京，见面还相对方便。再后来，我来深圳了，见面机会少了，但心是通的，一直是……

还有一点，我必须提一下，他是个好人！天底下难得的好人！

他儿子出生第七天，因产后不慎妻子得产后风，瘫痪至今，臧桂昌照顾至今……这种情况，怎"好人"二字了得！……每想到此，我眼里都含着泪……桂昌！好人！这四个字太沉重！太多泪了！太多无奈了……我心里一直怨恨——苍天不公……

就这样，他四十几年如一日，从一九七六年走到今天，从一个三十几岁的中年人，到奔八十的老人……这个好人的一生就这样过去了，在照顾瘫痪的妻子中，过去了！……

还想写！关于桂昌，我要写的太多太多了，但这毕竟是序，就此打住吧，大家看他的《蝉鸣》吧。

窗外蝉鸣，恰是蝉鸣季节，我想问蝉，你鸣啥呢？是关于桂昌的文集吗？

意犹未尽，填词一首，调寄《霜天晓角》：

霜天晓角

桂昌《蝉鸣》书成，读后夜不能寐，得此韵。

往事归蝉，

听蝉鸣紫园。

一旦"蝉鸣"成了，

争知我、夜难眠。

欲问心也烦，

瓜园惊梦残。

消得那醒中趣，

说便是、书窗寒。

郭西元　庚子秋于岭南

木石山房

谨以此文集献给我至亲至爱的草根父亲!

我深爱故乡这片土地，
深爱在这片土地上繁衍生息、辛勤耕耘的人们，
我的心属于他们！

前　言

切肤之亲（自序）

　　黎明，东方天际那一抹鱼肚白边缘的一缕余光，透过窗户纸，辉映着老屋里乌么糊糊的微明。父亲从被窝中坐起，披衣开始吸他的旱烟。我沿被筒向前爬了爬，抖动着脑袋，使劲地拱在他裸着的胸怀中，侧过脸皮紧紧地贴着他的肚腹，感悟他吸烟吐纳时腹部匀称而有节奏的起伏。屋内弥漫着清丝丝的薄凉和空灵灵的静谧，唯有父亲那湘妃竹烟袋杆里发出烟油的咝咝声。我适时地变换了下姿势、扭动着身躯用双臂搂抱父亲的腰腹，任凭他噙着烟嘴发出那种含混的抱怨声："哎唏——，你就不能消停消停，有点老实滋味？嗯！别人这心里刀绞一般，你倒好，净会出这些熊样。"我习惯于父亲这种类似"心里刀绞一般"俗称"心焦"式的抱怨，他越是抱怨，我越发地疼他、爱他、亲他！更加用力搂抱他的肚腹，脸也贴得更紧……此情终是成追忆！这是最让我留恋的童年时光，也是我人生中最为幸福的时刻。

　　集文始于对父亲的怀念。在本该纪念他的日子，我那哀伤的悠悠思绪以及对他深深的眷恋之情，常令我难以释怀。《冬夜》就是我童年依恋父亲的真切记忆。父亲永远是那种袒露着胸脯、纯朴得让人心痛的老汉；是那种社会底层中历尽苦难、辛劳坚韧且睿智着的农民。我深爱父亲，正如在《千里土》文中所表述的，我担心他生病！怕他冷了，怕他热了，即使在我高烧乍退，身体仍十分懦弱的情况下，我依然试图用我的体温去温暖他苍凉的胸膛。我感谢贫穷，在我童年岁月里的如影相随，它使我体验到了世界上最为真挚的情感，使我得到了与父亲之间刻骨铭心的爱！我相信，世界上最珍贵、最感人的亲情，定是产生在那些贫穷着看似有几分寒碜、卑微，甚至于衣不遮体，食不果腹的草民之中！

父亲幼年丧父，困苦中屈辱地拖着清朝小辫子，走进了民国那战乱而暗无天日的岁月，直至解放。他辛劳一生，维系着一家人的温饱，其间还先后养育了三个爹妈早逝的侄子！为了生计，他从年轻开始，就往返于潍县全日照两地之间，千里奔波从海边贩鱼等水产到内陆来卖。起早贪黑、风餐露宿自不必说，单就那些不堪的遭遇，足以让我不寒而栗，心疼不已！日军炮轰集市，他人刚刚躲开，落下的炮弹就把他摆鱼摊子的地方炸成了一个大坑；路遇土匪抢劫，人被拉进破庙里被剥光衣服搜身，受尽凌辱；国民党残兵抢粮，竟凶狠地把他吊到房梁上，用浸过水的绳索抽打……他经历的桩桩苦难，铭记我的心底，化作我深深爱他的缘由。父亲爱我，尽管这爱曾适得其反地导致了贫困，可我明白他是为了让我摆脱当佃户的命运而为，故我依然深深感恩于他。当家乡土改在即，所有土地将一律充公，然后由村政权和农民协会出面再重新进行分配之时，父亲的"东家"老地主杨根西不失时机地赶在土改的前一个年头，请父亲喝了一顿酒，悄悄与父亲私下做了一笔生意，卖给了父亲五亩上等良田。父亲便倾其所有，拿出了他半辈子积攒的血汗钱……就像有人中了高利润、高回报的集资诈骗圈套，父亲因此而迅速返贫！

我童年的记忆是在父亲返贫之后，在漫漫长夜里搂着我，盖着油灰邋遢的被窝，给我讲故事开始的。父亲年过半百，身形偏瘦，实是操劳过度所致。他已无力东山再起，他已故前妻所生的我三个姐姐陆续嫁人。家中除了尚属蒙童的我，就是身体单薄的母亲。母亲最是那种干活不惜力气的主，起早贪黑地帮父亲支撑着这个贫寒而又有几分凄惶的家。我七岁那年，终于能帮上手，为家里放牛了。可一年之后，我那本已穷困潦倒的父亲，却做出了一个惊人之举：把牛卖了，送我到外村去上学！93户人家的村落，这可是连那些家境殷实的人家都不曾想，也不曾做到的事。我写《烤火》一文，就是写父亲为改变我的命运，送我到邻村借读上学的那段令我没齿不忘的舐犊之情。

我感谢贫穷，伴我成年后又不失时机地离我而去，且渐行渐远。从而使我拓宽了视野，提升了在认知领域的境界。在坚守心底那份善良的同时，也更加懂得了自律和感恩，懂得了更加珍惜亲情和友情。"子欲养而亲不待。"我亏欠父亲！《蝉鸣》是写我工作后接父亲于身边，尽享天伦之乐的唯一一段弥足珍贵的记忆；而《悼苏成》一文则是抒发我早年因失去小弟而压抑在心底的那份忧伤;《秋夜》写母亲任劳任怨的凄苦人生;《抱着与背着的记忆》则主要是写我三姐的刚毅、坚强以及她对我的姐弟深情。"血浓于水"。当病中的我在沉湎于对父亲深深思念的同时,也感悟到了晚辈对我的关爱之情。薪火相传!这就是我在《小手术》一文中所要表达的真切感受。随着科技进步,手机成了生活中的不可或缺。在与群友、亲属的交流中,也会戳出一些颇具感情色彩火花的文字,犹如写文章的随笔。今选取几篇,如《凝望》《书贵在读》《悼念爱君》等,自成一个栏目。2017 年 12 月 26 日,我去深圳参加"郭西元文人画艺术展"开幕式之后,应西元之邀,为展览写了《西元无悔》一文,后又写了《浸在岁月中的诗情》。我与西元从诸城一中美术组学画始,到后来相继考取南京艺术学院,几十年来,相交甚笃,情谊深厚。此后我又为他写了《诗的沉醉》以及《蹉跎·执着·抒怀》郭西元文人画之路等文,作为一个版块,悉数收入文集。我思念亲人,也感怀故乡。我选择了家乡最具特色的西河崖柳林落笔,写出了《河畔牧歌》系列散文,试图多角度地把当年西河崖林野河畔的亮丽风光,原汁原味地呈献给家乡父老和我的读者。

集文初成,只不过文中大都记载的是 20 世纪 40 年代末至中华人民共和国成立前后的风土人情故事,因年代久远于现代似乎有些不合时宜。我的几个有内涵有见地的同学朋友却一再给我鼓励,撺掇我出这个集子。晚辈们更是热情高涨,以至于不遗余力地支持我出集成书。其实我也心意惶惶,有这个心思,毕竟这是我从心底里流淌出来的文字。

目 录

父子情深

冬 夜

　　隆冬。小村安卧在白雪皑皑的孤寂之中，凄冷萧瑟。吃过晌午饭，父亲便挟一捆麻秆去村头的场院屋子，那里聚集着几个老汉，一起扎堆、唠嗑、扯闲篇。每人手上都有点活，或剥麻、或搓绳、或拣土拉豆子，大抵像西藏人转经筒，成习惯了。

　　薄暮时分，我开始盼望父亲回来。晚饭已经做好，那黏稠的玉米糁子粥"噗哧""噗哧"地呈喇叭口状喷溅……我侧着耳朵细听，心中一阵狂喜：我听到了父亲草窝子鞋踏在雪地上"咯吱、咯吱"的脚步声，由远而近。继而便听到"吱呀呀"的开门声，随后便是父亲返身关大门、插门闩那"呱嗒呱嗒"的声响。晚饭是在炕上吃，热气蒸腾，我最爱喝的还是玉米糁子粥，捡过一根咸菜条，"咯嘣"一下咬一小块吐在碗里，再和着饭香吸溜溜地喝下……

　　饭后，炕桌撤下，扫一扫炕席，便把被筒一个个伸展开，要睡觉了。我和父亲的被筒在第一行，叫炕头上。常常是父亲先脱衣睡下，我再迅速脱衣，钻进被窝的另一头给父亲焐脚。

父亲的脚总是瓦凉瓦凉的，他的草窝子鞋并不暖和，这种鞋和草鞋是一样的，只是比草鞋更加密实，更像双鞋子罢了。幸亏父亲穿的是像战靴样的老棉布袜子，总是会好些的。不过草编鞋有时会渗水，把袜子弄湿。我最清楚有时候他的脚有点潮潮的湿。我不敢怠慢，把父亲的双脚紧紧地搂在怀里，想尽快地焐暖。因为父亲一旦睡着了，他的右脚会突然一动一动的，这大概叫一般间歇性神经痉挛。母亲就说："鸡刨食，巴结命！注定一辈子要吃苦受累……"不知怎的，母亲越这样说我就越爱我的老父亲。有时候，我有意当着母亲的面，搂着父亲的脖子亲吻他，皱起鼻子，使劲闻父亲胡子上浓烈的旱烟味。母亲常常在这种时候狠狠地骂我："没爷种！没爷种！那辈子的个没爷种托生的！""弄了这么个老爷，还出这些熊样，你可有出息？"

我给父亲焐脚，其实就是焐到不那么冰凉了为止。然后我就封起被头，掉转头来沿着被筒"拱阳沟"，拱到父亲的怀里——这里就是我童年幸福的港湾！父亲很会讲故事，这与他年轻时到日照海边贩鱼到内地卖，常年在外做生意见多识广有关。我总是贴着父亲的胸口，听着故事沉沉睡去……

我渐渐大了，上初中时便离开父亲住校了。但只要一回到家里，我还是要父亲搂着我睡觉。寒假时的冬夜，一灯如豆，父亲蹲在炕头上，我则伏在姐姐送我的小皮箱上演算父亲给我出的算术题。父亲出的题目既有趣味，又是从易到难，循序渐进。渗透着他的智慧和对分寸的把握。诸如："板凳鳖子三十三，一百根腿朝天。问几个鳖子？几个板凳？像这个就比较简单。后来就有"鸡兔同笼"呀，"老母猪甩奶"呀什么的。再后来就更难了，如一百个牲口一百片瓦，驴驮仨，马驮俩，三个骡子才驮一片瓦。问一百个牲口当中，驴、马、骡子各多少个？像这种题目非得列二元一次方程式解不可。记得我演算出两个解之后，父亲既没有说表扬我的话，也没有喜形于色。父亲为人沉稳，我从他深吸一口烟，慢慢吐着一串烟圈就知道他对我是满意的，内心里也是高兴的。

后来我决定倒过来考考父亲。我把中学课本上的例题之类，念给他听叫他解。父亲不用笔不用纸，只是用拇指掐其他四指的横纹，结果每次都能说出准确答案，算得比我们用笔算还快。有一次我心血来潮，把一种用特定公式才能解的递增系列题叫他算。即："远望巍巍塔七层，红光点点倍加增：共灯一百二十六盏，问问顶端几盏灯？"父亲听后愣怔了一下，迅速把烟袋锅在炕沿上磕了，插进烟荷包，麻利地用系绳缠绕好放入怀里。然后靠墙蹲在炕头上，开始用两只手左右开弓同时掐。我从未见过父亲如此架势，深悔自己做得太过分了。谁知他掐了一会，便报出了准确答案"两盏灯"。自此之后，我再也没有出题目难为他，我心疼他！这就是我聪明睿智的父亲，我辛劳一生的父亲！

多少年来，我脑子里还时常浮现出当年他给我讲的故事："那徐茂公这么掐指一算……"

千里土

那次生病时我九岁，在一个落叶飘零的深秋傍晚。突发的高烧使我面红耳赤、嘴唇干裂，呼哧呼哧地喘着粗气。我头朝外躺在炕上，心里虚虚地发慌，陡然间还产生了一种无助和自怜的感觉。母亲坐在炕沿上，用手抚摸着我的额头，"滚烫滚烫的哎"！没有回应，只有父亲来回踱步的脚步声……

母亲的手粗糙皴裂，手背上布满了红红的鸡扎纹小口子。指甲边特别是拇指边的口子，带着油黑的边缘硬硬地开裂，深及鲜红的嫩肉。我和姐姐常去树林里，寻觅椿树干上疤痕处分泌的一种叫"黏黏胶"的白色结晶体。我们总是小心翼翼地用铁片刮出包好，交给母亲。母亲用烧红的发簪尖蘸这种白色粉末，粉末便立即溶化成琥珀色液体，像一滴浑浊的泪附着在簪尖上，母亲迅速地将其抹进裂开的口子里，"嗞啦"一声，一股白烟升起！母亲咝咝地吸着冷气，急忙用手捏紧这滴进胶液的口子，使其粘合。父亲的手不怎么开裂，手指关节处刀刻般的纹理呈现出泛白的粗砺。指根与指尖等粗，只是指端有着鼓槌般圆圆的光滑。此刻父亲的双手倒背在身后，在龛子里油灯投下的光影中来回走动，敞开的衣襟下摆在我的面前拂来拂去。

母亲用征询的眼光望着父亲，声音怯怯的，"喝千里土吧？"夜色渐浓，灯光昏黄，四周静悄悄……父亲走回来，对母亲点了下头，"唔！"母亲像得了大赦令一样，腾地站起来，拿过炕角里父亲的老棉布袜子，把手伸进袜筒，在针脚细密的袜底上"刭嘶刭嘶"地一阵乱抓。我心里非常明白，父亲这种既像武士战靴又似半筒雨鞋的棉布袜子，袜口宽松，碎土尘埃很容易落入其中。村口大道上那踩下去噗噗腾起的尘土；割草搂草时那溅起的碎屑草渣；刚刚犁过立起的那湿润油亮的泥土坷垃，不经意间就会进入袜筒。日积月累，这些混合物便被踩成一片片粘结在袜底上的光滑而干硬的痂垢，这就是千里土！父亲站在灯光下怔怔地望着我，目光中充满了爱怜，微咧着嘴角，似乎还掺杂着一种愧疚和局促不安的神情。我爱父亲，最怕他生病！有次他拉肚子，起夜五次，每次都只是披上他那件旧布褂出去蹲坑很久，回来后总是冻得全身冰凉。每次我都是侧着耳朵细听外面的动静，企盼着听到父亲归来时那"趿拉趿拉"的脚步声，我要尽快地搂紧父亲，用我的体温来暖和他！父亲的肚子里一阵阵咕噜咕噜地响，我便明白他正肚子痛，那种戚戚凉凉的痛。我很难过，恨不得把父亲的病痛转移到我的身上来，我愿意为他承受所有的痛楚！父亲也知道我心疼他，总是安慰我说："朝巴孩子，哪有吃了五谷杂粮不生病的。"

母亲已烧好开水，在一个粗瓷碗里冲泡千里土，热气蒸腾。她便用筷子在碗里搅动，这使我想起小时候她给我盛小米粥，也是这样搅动，一边搅着一边说："和拉和拉冷冷，小狗等等。"母亲放下筷子端起碗来，摆动着脑袋嘬嘴吹气，吹起水面上浮着泡沫的涟漪。我接过母亲端来的碗，憋住一口气，咕咚咕咚地喝了下去。说实在话，并不怎么难喝，只是有那么一丝咸味和通常的土腥气。母亲扶我重新躺下。我闭上眼睛，脑子里叠印着父亲在不同场合下的劳作和他那双我再熟悉不过的脚。

平心而论，父亲是一个清清爽爽的老头。我从未见过他像某些叔叔大爷那样鼻涕拉呱的样子。父亲中等个头，身材匀称，略微偏瘦，肌肉轮廓清晰、线条分明。虽破衣烂衫，甚至还有的打着补丁，但穿在他身上，依然觉得平整而得体。父亲有着爱整洁的良好习惯。夏季，大雨行时，在原野上赤脚劳作后归家的父老乡亲，有些人是不洗脚的，他们是等泥巴干了之后，坐在炕沿上双脚互搓，然后再磕碰磕碰就屈腿上炕，以至于带着被泥土染黄的双脚就钻进了被窝。父亲赤脚归来后，总是在第一时间挟起他那双有些破旧的鞋子，到村西水塘边把双脚荡洗干净，再趿拉上鞋子，伴着苍茫暮色，在蛙类"咕呱咕呱"的合唱声中，悠然踱步回家。晚上，父亲还把鞋整齐地摆放炕前，以便起夜之需。我霍然想起到老姑家走亲戚时与我同睡一炕的小表弟，光腚赤脚咕咚咕咚跑到院子里小解，忽然"啊呀"一声，我猜测他是踩到鸡屎上了。我咧了咧嘴，想到那灰白色鸡屎头子下是一摊墨绿色的稀臭污物……突然觉得一阵恶心，一股奔吐物便忽地涌上了喉咙口！母亲发觉了我的不适，急忙用手沿我胸部向腹部摸弄，"别吐，别吐，不能吐！"我闭紧嘴巴，眼睛里溢满了泪水，硬是把涌上来的那股带有酸腐味液体咽了回去！我安静了下来，也深为自己的胡思乱想而后悔。然而千里土和由此引起的关于脚的问题却始终萦绕在我的心头。

若干年后，我在艺术学院读大二时，有一个教我们《西洋美术史》的陈姓教授，夸他长了一双"希腊脚"。陈教授毫无身段可言，虚胖、秃顶，周边的毛发也可怜地稀疏，唯有左鬓角蓄留了一缕头发，像一根鞋带横拉过脑门向右边去，刻意地制造出些许装饰之美。奇怪的是他的手指纤细，脚趾也显得修长。陈教授毕竟深谙希腊雕塑的人体美，颇有些自怜地想把自己的脚贴上个希腊标签，于是乎就把一只惨白的光脚踩在椅面上让我们欣赏。不知怎的，我一下子就联想到父亲他们劳动人民的脚；父亲的脚，脚弓好，脚趾亦长，肌肉肌腱结实而富有弹性，只是前脚掌略微显宽，拇指指甲通常疏于修剪而已。

我有些疲惫，头脑发昏，但还是想起了父亲一年中，毕竟也有他修脚、泡脚的快活日子。想起了腊月里年前村里杀猪的情景。我仿佛来到了宽敞的大街上，四周还残留着一堆堆脏兮兮的雪，但街上还是人头攒动，在家猫了一冬的父老乡亲，拢着袖口，缩着脖子，伫立在冬日柔弱的阳光里。那被捆住四腿一路刺耳嚎叫着的肥猪，被抬到了当街中央的宽条凳上。杀猪匠"蹦个子"大叔，嘴咬着尖刀，一袭黑色裤袄，短小精悍。只见他抬起一脚踩着猪脸，左手抓住猪耳，右手操刀"嗖"地一下朝猪脖子捅去！拔刀处，血愣了一下，紧接着那猩红色的热血泛着泡沫忽忽地滋出来……当死猪用开水烫过褪毛之后，大叔在猪后腿上切一小口对嘴向里吹气，把猪吹得鼓胀起来，而后再抬到第二锅开水中仔细刮烫。当净猪最终被抬走之后，锅里便剩下了半锅类似汤质的灰白色的热水。父亲他们一群老汉便脱掉鞋袜，挽起裤腿，忽啦啦地围坐上锅台，把脚齐刷刷地伸进热乎乎的烫水里浸泡。父亲总是嘿嘿地笑，他习惯于和同伴们打诨逗乐说笑话。这伙人一直要泡到脚上的皮肤泛着白得打皱，才开始屈腿搓脚，只一搓那条状的灰便开始簌簌地落下。"五乍煞"五爷带来一把旧剪刀，于是大家就轮流着修脚、刮脚后跟上的老皲老皮。

　　我依稀觉得又回到了父亲的怀抱，温暖而舒适。一种幸福感从心底升起，似乎能与父亲在一起已别无他求！我惊异于父亲脚的圣洁与细腻，脚底的纹理清晰可见；用手指一捺，一块乳白色皮肤向四周扩散开去，手指松开，那淡淡的桃红色又迅速洇化回来。慢慢地我有些迷蒙，似乎进入了一个陌生环境，又闷又热，浑身湿漉漉的。我想赶快离开，脚下像踩着棉花团走不动；想喊，也喊不出声来……冥冥中我似乎听到了父母的对话，这声音仿佛来自另一个时空，伴随着一种嗡鸣声。"谢天谢地，总算没吐出来，"是母亲的声音。父亲像是咂了咂嘴，"我是怕他不肯喝呀，你想想……""哎！是你的袜筒土哎，他亲你，种性！种性！"母亲的声音狠狠地重浊。随后，便归于平静。又过了许久，有母亲翻身的窸窣之声，"出汗了？问话伴随着打哈欠的声调。"唔"，回答含糊而有些不耐烦。

　　黎明时分，我醒了，一缕阳光透过窗棂弱弱地映在墙上。我的心扑扑地跳，那种高烧退后的慵弱使我有一种透彻的清醒！父亲不知啥时候已经坐了起来，披一件单衣吸着烟。我没有感觉到他用火镰火石"噼哧、噼哧"打火时肌肉的震颤，说明他早早地就坐起来了。他吸烟时的深沉和缓慢的吐呐，仿佛伴随着如释重负的慰藉和为生计而举步维艰的酸楚。他裸露的肌肤是那种冻透了的冰凉。我很想暖和他！霍然想起在他吸烟时并不厌烦我搂着他的脖子，在他胸前打吊吊……他似乎一下子明白了我的意图，"嗯，不要动！"父亲声音有些含混，把噙着的烟嘴移向嘴角，鼻音依旧浓重，"外面太冷了，别再冻着。"

烤　火

　　数九寒天。凛冽的小北风，裹挟着雪的粉尘，贴着冰冻的大地，一丝丝一缕缕飕飕地刮过。地处村庄外围草覆土坯的老屋，兀自坐落在几株光秃秃的楸树下，显得简陋、低矮而寒碜。

　　凌晨，母亲起来做早饭，掀开锅盖垫，昨晚残留的刷锅水结出了一圈犬牙交错状的冰凌。我裹紧油灰邋遢的被窝，继续享受着父亲肌肤留下的尚未散尽的余温。父亲起床时，我徒劳地搂着他的肚腹，做软磨硬泡式的挽留，可惜父亲并不因我的要求而改变初衷。我知道他要去担水，于是猜想着此刻他应是担着水颤悠悠地离开井台不久，水桶溅洒出的水落到地面上，很快就凝结成了星散状薄冰。井台四周结了一层鼓鼓溜溜疙疙瘩瘩的冰坨子，井的石壁上也结满了滑溜溜的冰和冰挂，唯井口轻轻地吐着氤氲的水汽……母亲从冒着袅袅热气的锅灶前站起，掀开门帘抬脚迈进了屋里，"饭好喽——，我要掀被窝安桌子喽——！"我乜斜着眼瞅了瞅窗棂上残存的积雪，漠然地把脑袋向被筒里缩了缩。母亲"扑哧"笑了，一掀门帘又走了出去。再进来时母亲手里拿着一把子麦秸草，她端过黄泥火盆，点着麦草，那火便"腾"地燃起，火苗挟带着火星往高处乱蹿！母亲倒提起我的裤脚管，将棉裤腰罩向火焰，任火苗和蓝烟从我两条裤腿中呼呼呼地穿过；很快，母亲麻利地卷起棉裤，腾出两只手又撑起我的棉袄烘烤。随后母亲将团起的棉裤袄抱到我的跟前，"快，热乎着呢？"我"噌"地从被窝中跳出，伸胳膊蹬腿，趁着衣服被烘烤的热乎劲，麻利地穿好了衣服。

翌年，我被父亲送往大河对岸的夏庄小学借读，寄宿在同宗大叔家里，这种冬天烘烤裤袄的奢侈从此宣告终结。那时候，我和大叔的小儿子喜平一条被筒两头睡，各自把自己的裤袄搭在各自身上。大叔家教甚严，我们按时起、按时睡、按时吃饭、上学，中规中矩。天寒地冻的日了，大叔家也是用火盆生火取暖，以驱赶室内的寒气。大叔家的火盆有些陈旧，边缘有些并无大碍的缺损，经年的烟熏火燎使火盆黝黑且呈陶质的暗红。我家的火盆是从一个青瓷汤盆上拓下来的。母亲先是用上乘黄黏土掺水调匀，加入适量麻丝和棉絮糅合，用木棒槌反复锤砸，及软硬适度，外敷在倒扣的瓷盆上，打磨光滑、切边，待其完全阴干、干透，剥离瓷盆，一个结实而耐高温的黄泥火盆便大功告成。那个年代，当风雪肆虐在昌潍平原，几乎家家户户都是通过烤火来取暖，以挨过那段最严寒最难熬的日子。邻家老得有些糊涂的二曩咕二爷爷总是蹲在炕头上，从早到晚拥着个火盆，披着破烂大袄，鼻尖上挂着清鼻涕水，只要听到脚步声，知道有人进来，便咕咕叽叽自言自语重复着"死了吧——死了吧——"地絮叨。我觉得老头可怜又可笑，实际他在拕挲着两只青筋突露、干瘦枯涩的双手，罩向火盆取暖呢。火盆里通常是微温微热，大抵是烧饭后从灶膛里扒拉出的未完全烧透的灰烬，在火盆里泛着灰白色覆盖，拨一拨，有股细灰腾起，偶见疏落火星。

那是个物资十分匮乏的年代，柴草稀缺。秋收之后，秸秆还家，原野上呈现出一片肃杀洁净的苍凉。松柏林地里的山草亦收割殆尽，裸露着先人们那些光秃秃的坟头。那山草是用镰刀仔细地割过；用耙子细密地耙过；最后用竹笤帚唰唰地扫出那泛白干硬地皮及一片肃穆静谧。扫起来的一堆堆掺杂着石子、土块及成坨子蚯蚓屎的草渣碎屑，则借助小风，用双手捧起溜溜地徐徐撒落，土石重物垂直降落而草屑随风飘移作自然分离。这种草渣碎屑属于质地差的烤火物，极易生烟，即便用破蒲扇忽嗒忽嗒扇，那丝丝缕缕的生烟还是直呛喉咙，眼睛也被烟辣得珠泪涟涟。俚语"烟是暖将，屁嗤热炕"，为了取暖，烟熏火燎也是没法子的事。玉米芯作为烤火上乘材质，是我寄宿大叔家时的真切体验。大叔家院子里有一个用高粱秸箔子圈起来的圆柱形仓囤，盛满了黄灿灿的玉米棒子，剥光玉米粒的玉米芯呈姜黄色，坑坑洼洼点缀着绒绒的碎红。烤火时，那慵懒的金黄色火舌慢悠悠地舔舐着芯绒与棒子骨。火苗过处，火盆里一片艳红；那红由亮到暗，再由暗到亮，一波一波如同水的波纹闪来闪去，温热而持久。

岁末，年关将近，学校已放寒假。一场特大暴风雪把归心似箭的我阻在了大叔家。平地雪深盈膝，西伯利亚寒风横扫着白雪皑皑的昌潍平原，大风不断地重塑着旷野地貌，把大叔家的门窗都给吹雪封住了。那些被大雪封堵覆盖的人家像一溜儿奇形怪状的大雪堆，错落的烟囱冒着阵阵黑烟和串串火星。"各扫门前雪，"家家忙于打通房门通道和清理院子里的雪，大街小巷的雪尚无人顾及。

第二天早饭后，大叔因昨日铲雪偶感风寒，独自裹着被子圪蹴在炕头上，越过与灶台相隔的矮墙，看家人围着火盆一起烤火。那火正炽烈燃烧，被烧得开裂成几片的玉米芯，像石榴花开的瓣，鲜红着弧状地屈着向后弯去……我坐在一个凹面有些倾斜的旧麦草墩子上，尽管冲着门口方向的后背仍有些凉意，可前胸却已是暖烘烘的。我静静地盯着燃烧着的艳红的火，看火苗儿带着一丝微蓝游离开来忽忽悠悠地闪灼——我开始想家，想念我的父亲……父亲不胜酒力，他有一个专用烫酒、燎酒的锡制小酒壶，仅盛八钱至一两酒。倘若让他再多喝这样半壶酒，就会使他醉眼蒙眬，两颊的酒红也会毫不吝啬地蔓延至胸膛上。节日里，干透的木柴桦子在火盆里轰轰烈烈地燃烧，靠盆边内侧支立着两块青砖，上面搁一水壶燎水。很快，那水便滋滋悠悠地奏起了小酸曲，继而"咕嘟咕嘟"的水汽顶得壶盖"呱嗒呱嗒"地响。屋外雪花时疏时密，飘飘扬扬；屋内水汽蒸腾，温暖如春。父亲双手十指交叉垫在脑后，斜躺在铺盖卷上打盹儿，呼呼噜噜地拉起长鼾——，俄尔，又"嗡呃嗡呃"嚅嗫着懵里懵懂地醒来。

> 火盆里的火哔哔剥剥，
>
> 吊子里的水滋滋吟哦；
>
> 酒香里，拉着长鼾的老父亲呦，
>
> 袒露着的胸脯起伏着。

　　我依偎着父亲，望着他那经年不避风霜而时常袒露出的胸窝，一股说不出的怜惜与依恋之情刹那间涌上心头！"咚咚、咚"，门外有跺脚的钝响，伴随着地面微颤房门推开，父亲挟着一股寒风撞了进来。屋里的人顿时目瞪口呆！

　　"啊呀，我的三哥，"大叔带着浓重的鼻音从惊愕中回过神来，"天哪！你是扎翅子飞过来的？"

"呵呵"，父亲搓着冻僵的手笑笑，"我原本也只想到村头转转看看的，不知怎么转着转着就这么转悠着来了。"

"唉，你还是不放心孩子呀？"

"这小东西从小叫我和你嫂子惯坏了，我还真怕他在这里闹哄你。"

"三哥，这话见外了，这小哥俩在一起要好得很呢。"

大婶用笤帚扫拂过父亲身上的雪，父亲便坐在了炕沿上，他婉言谢绝有关酒食安排，执意趁响午头赶着回家。父亲穿着老棉布袜子、双鼻梁高帮旧棉鞋，扎紧了棉裤脚管，棉袄外套了一件叫皮筒子的光板皮袄——这是件有了些年头无领无襟的老物件；尽管拼接皮子的针脚依旧油黑发亮地清晰，然处处可见泛着陈年盐硝的渍纹和浸染着沧桑岁月的斑痕。父亲衣衫破旧，但依然穿着得体。可是当父亲把皮袄脱下穿到我身上时，我惊讶地发现父亲整个人似乎小了一圈。他的棉袄短小而稍显单薄，腰间搭布勒紧后，更显得人精精瘦瘦地干练。我扒上父亲脊背，父亲两手揽起我的腿折弯，哈腰往上颠颠，十指相扣，拦着我的屁股，踏上了白雪茫茫的归程。父亲沿着他来时依稀足迹艰难跋涉，至渠河岸边崖头时，眼前的景象把我惊得直发蒙！我这才明白大叔一家对我执意地挽留是有道理的。面前四百米宽的河川里，一片雪雾弥漫，"我不知道风，是在那一个方向吹"，只知道狂风挟着的雪霰粒打得脸生生地疼！棉帽的护耳，瞬间被冻透；棉鞋里的脚趾被冻得猫咬般的疼痛。多年后，我在中学课本上，学习毛主席诗词《念奴娇·昆仑》，每当读到"飞起玉龙三百万，搅得周天寒彻"时，眼前便浮现出这河川里风雪弥漫的情景。

　　下到河底，那风是沿沙滩呼呼吹过的，风将雪卷往空中，任其恣意飞舞，不知将会飘向何方？前行不远处，一座光怪陆离的冰桥让人惊骇！这原本是一座季节性便桥。霜降前后，秋水潺潺，水凉砭骨的时候，人们便在河上等距离地打下一组组木桩，扎牢横梁；用三五棵小碗口粗的杂树杆子扎成木排，再依次将木排一一搭在横梁上；一座弯曲有致的水上木桥，颤颤悠悠，别有韵致地横卧在水波粼粼的河面上。眼下的木桥，是一条冰雪长龙，两侧覆满了长长短短冰挂，数处冰溜子直与河的冰面相接。桥面上亦是雪盖冰封，凹凸不平。父亲背着我小心翼翼地上桥，他必须横着脚呈外八字形迈步，每次落脚都得同时踩在两根裹着冰雪的原木上，步步都要踩实。我心意惶惶，缩着脑袋偷眼看几乎被冰封严了的河面；冰很厚，冰层中分明冻结着黑褐色的枯枝败叶，掺杂着依然鲜明的棕黄色卷曲柳叶。大自然是如此凶险和变化万千，就在本学期刚开学时，喜平和我约了大年、照志、仁得，一起到大河来捉沙狗鱼。就在我目光所及的那片浅水区，碧水潺潺，流沙缓缓，水深刚及腿肚，脚刚陷沙中，就感悟到了细沙沿脚面、脚脖缓缓地流动，惬意极了。我们撅起屁股，弯腰并排将叉开的十指插入沙中，顺水倒退着走，十指便像小耙子那样在细沙上留下了一排弯曲有致的划痕。我们一边扭动着屁股划着，一边重复地哼着民谣："拖拉拖拉树呀，你在那里住呀，我在黄瓜园里住啊……"

12年后，我真的住进了"黄瓜园"——南京秦淮河畔艺术学院校址所在。在那里我度过了四年大学生涯。想刚解放时村里没有学校，全村93户人家中，父亲是唯一背孩子送到别村上学的。他的心血也算是没有白费，他背出了村上有史以来的第一个大学毕业生。沙狗鱼是一种栖息在细沙里的小鱼种，通常只有手指般长短，脑袋大，身上有黑褐色与米黄色相间的花纹。当它被我们划动的手指触动时，便哧溜一下从沙里逃了出来，在水底摇动着小尾巴发愣——大概是有点蒙，而后瞅准流沙波痕处，迅速地钻进了沙里……一缕沙的尘埃如烟雾般在水中飘散。可就是这缕沙尘暴露了沙狗鱼的行踪，我从它入沙处的两侧插手，双手连沙捧起，随着湿沙从指缝流下，心头一阵狂喜，我感到了沙狗鱼滑溜溜的弯曲和颤动！

"唔，别动！"父亲说，我这才从心猿意马的状态中回过神来，发现父亲正走在极其凶险的一段桥面上。这里是大河唯一没有封冻的深水区，宽约五米，水流湍急。水中的冰块不时与两边犬牙交错的冰缘相撞，发出喊里咔嚓的脆响。有些冰块被冲进了冰层下，随着冰块不断堆积，压力增大，冰面开裂；"嘎巴巴"一声巨响，那响便随冰面析裂向远方传递而去。有一块桌面大的冰受桥桩所阻，水花激烈翻卷喷溅，冰面立起如同一面透明的大玻璃闪闪发光。水道的狭窄，冰块的阻塞，致使水流不畅而漫溢；漫溢于河面冰上的水又开始结冰，后面的水又不停地溢来……父亲下桥后就不得不蹚过这冰与水混合状态下的冰面。好在冰水不深也不算长，走出冰水区，继续前行，冰越来越薄，冰下细沙清晰可见。父亲踩踏处，薄冰发出"嘎吱吱、嘎吱吱"的脆响，薄冰上呈现出蜘蛛网状的细碎裂纹，冰下被挤压的小气泡四处乱窜……

　　登上渠河北岸，林地里的雪呈沟沟壑壑的不平。高大的青杨树银装素裹，结满冰甲的树枝在寒风中咔咔啦啦地摇曳碰撞，冰凌雨一阵阵噗噗地砸在雪地上，激起阵阵雪的尘雾。这片青杨林每一棵都如水桶般粗壮、挺拔直刺蓝天。夏秋季节，茂密的树叶哗哗啦啦亮闪闪地翻动着，与蓝天白云絮语。至20世纪50年代末，这片蔚为壮观的青杨林便被杀伐殆尽。留在我记忆里的这片青杨林，伟岸而高挺、整肃而和谐、圣洁而壮美，不由得让人陶醉，让人心旷神怡。当年父亲伫立林地雪中，我伏在他背上惴惴不安，高空坠落的粗大冰凌令人心惊肉跳。青杨林北面是几棵状如伞盖的偌大山楂树和一片刺槐林，全都覆盖着厚厚的白雪，有的刺槐被压弯，像佝偻着腰的负重老人。突然那边发生雪崩，积雪大面积塌陷，"呼隆隆"如同雷鸣般让人震惊，树林里涌动起一片雪的粉尘！又有树枝被雪压断，发出"咔吧吧"的脆响。树林里，处处充满危机！在大自然的淫威面前，人显得是那样的渺小和微不足道，我和父亲像两只小动物在冰雪和惊悸中悄然潜行……

到家时，父亲已是疲惫不堪。随着大门吱呀呀一声响，母亲惊叫着从屋内跑出，"我的个老天呀！"她慌忙上前搀扶，帮着父亲把我背进里屋炕上。父亲腰腿麻木了，竟一时没直起腰来。母亲一边帮父亲捶腰，一边斜眼瞅我："看你那个熊样，我怎么就养了你这么个没用的东西。"她心疼父亲，便劈头盖脸地数落我，"七八岁的东西咧，还叫个老汉子背着，什么样的天呀，你这不是要他这把老骨头的命嘛！"我仰面躺在炕上，两条小腿耷拉在炕下，还没有从冻僵的状态中缓过神来，可两眼的泪水已从眼角流进了两边的耳廓。"你想要干什么？"父亲慢慢直起腰来，看了母亲一眼，"你还是省省吧，他不还是个孩子吗？怎么？瞒河搭涧的，你是想叫他自己跑回来吗？嗯！"母亲像做了错事一样，讪讪地出去了——又过了一会，母亲去柴棚里抱来一捆棉花柴，准备让我们烤火。我从小就知道，人倘若冷透了冻僵了，是不可以立即烤火的。要等一会适应适应，甚至取些雪来搓一搓手脚。母亲取一把棉柴拦腰截断，放在火盆中点上火，那火便"呼呼、呼呼"地上蹿，下面枝上的火点着了上面的枝，层层火在燃烧，像一根根小火把烧成一片。

我和父亲开始围上来烤火，父亲已脱掉鞋袜，光脚穿上了一双蒲草编的毛窝子，解开裤脚管，又索性换上老皮筒子，脱下棉袄烘烤。突然"叭"的一声炸响，一团子烟火忽地腾空而起，烟灰火星乱窜，父亲急忙斜过身子为我遮挡！我望望父亲，那闪闪火光的影子还在他那裸露的胸腹上晃悠。我咬着嘴唇，鼻子一酸，已是热泪盈眶，就在父亲起身站立的瞬间，我猛地扑上去拦腰抱紧了父亲。父亲猝不及防，趔趄了一下，"这孩子，你说这孩子"……

瓜棚屋之夜

夕阳西下，当抱犊崮上空那一抹红霞瞬息间由红变紫、由紫变蓝，再变为深鸽灰色时，夜幕降临了。夜色一如泼墨于宣纸，迅速洇化开来……"淋漓襟袖尚模糊"。原本那青青绿绿明丽的原野，刹那间变得黑黝黝、乌模糊糊着的神秘莫测。心里便霍然滋生出了一种慌慌的空落落的感觉。

在迷蒙夜色中，父亲为生产队看坡所居住的瓜棚小屋与偌大的张家老林坟地之间，仿佛骤然间缩短了距离，高大的松柏树黑影重重黝黯着向小屋碾压而来，似乎随时都会把小屋压扁、压碎或吞噬掉。坟地里半人高的野蒿、茅草丛中，墓冢重重，萤火点点，阴气逼人！小屋右侧约三百米尚未拵种的休耕地外，也是一处颇为寒碜的坟场。十几座光秃秃的坟头边，丛生着参差不齐的刺槐和几株小杨树，在乌模糊糊的夜色中，仿佛已幻化为人形，如同赶集归来的人群，肩挑背负，晃晃悠悠朝我们这边走来……突然，一道红色的火光"嗖"地一下划过坟场，在最后一个墓穴旁消失。我知道这是条火狐，以前只是听人说过，这次算是开了眼界，也得到了火狐像一团火一样壮观着转瞬即逝的佐证。然而随着人口密度增大，这种生物已极其罕见，而渐渐濒临灭绝了。小屋的正面是大片生长着豆类和红薯类的开阔洼地，虫鸣如潮，细辨其中又有缕缕细细柔美之音，嗡嗡营营着的延绵不断……霍地在大洼深处亮起了一盏小灯笼，是那种柔和的白炽亮光，有乒乓球般大小。又一盏亮起，随后陆续有七盏小灯笼，一字儿等距离排开，在幽暗的夜色中悠然飘移，缓缓游弋，如梦如幻。……听老人说，那是仙家娶媳妇。按常规理解，就是成精的狐狸或黄鼠狼作祟。然究竟是什么，不得而知。其实这种现象，在夏天的夜晚时有发生，只是大都出现在夜深人静之时，又多出现在远离人居的旷野。据说也有人想一探究竟，但不等人接近，灯光就悠然间一起消失，无任何踪迹可寻。大自然奥妙无穷，高深莫测，我弄不明白，也没那种"吾将上下而求索"的雄心壮志。

其实父亲的瓜棚屋简陋到让人难以想象的程度。用高粱秸箔子做的墙上，那掺有麦秸的烂泥涂抹得巴巴赖赖着的不平；屋顶用麦草苫子旋上去呈尖形，有一种草率着的因陋就简。进门口左侧就是一盘占据整个空间一半的土炕，土炕上方墙上留有一个方形的洞，是整个房间唯一的窗口。确切地说那也不叫窗口，应该属瞭望孔之列。而土炕也仅容得下父亲搂着我并排而卧。那时节尚属"文革"期间，我是在南京两派斗争最为激烈的时候，我所参加的抗大公社组织被迫整体撤离校园到下关之后，我才寻机会回到家乡的。实情一言难尽，那时的我，诚惶诚恐着的有些狼狈，很使人想起一个远离族群的小兽带着遍体鳞伤悄悄潜回父亲的巢穴，在父亲的护佑下静静地舔舐着自己的伤口。……

是夜，我和父亲就在小屋前那块长有稀疏茅草和苦菜花的空地上，铺一块席片，父亲坐在马扎子上抽他的旱烟，我则用一只手臂支撑起上半身斜躺在父亲的怀里。有两朵鬼火从小屋右侧绕过来，在距离我们六七米远的地方跳跃；时聚时散，飘忽不定，轻盈而颇具挑逗性。过了一会儿，大概觉得无趣，便向左边越过一条小路，向远方飘动着跳跃而去。我和父亲从看到火狐、小灯笼到跳跃的鬼火，始终都缄口不语，谁也没有说什么。见怪不怪，仿佛心中早已将一切置之度外。此时此刻此地，便是我和父亲两个人的世界！

那些日子，我和父亲形影不离。白天，父亲去田野里巡视，我也总是跟随其后不离左右。父亲总是戴上他的破斗笠，双手习惯于倒背在身后，手中握一长柄镰刀，本就敞开着的布褂下摆也顺手拢在身后，袒露出胸腹及腰身，任凭原野上有些灼热的气浪燎烤着他泛红的肌肤。他手中的镰刀既可防身，又可随时清理田埂地头上妨碍庄稼生长的野生藤蔓及荒草之类，尽管这种劳作常需伴随着他气喘吁吁着的大汗淋漓。正午灼热的太阳，将小屋暴晒得酷热难耐。匆匆吃过小妹送来的午饭，我便从墙上取下父亲的蓑衣，陪父亲走向大洼里那条悠悠小路，直到临近西河崖的一片树林中。树林临路且面积不大，地面是那种泛着白的坚硬和洁净，有纵横裂纹分布其上。周边稀稀疏疏的细瘦小草并不妨碍我们席地而坐。四野无人，父亲赤膊躺在蓑衣上沉沉地睡去，醒来时身上便会印着泛红的蓑衣纹理印痕。空气中吹来的风颇有些热度，青杨树的叶子亮闪闪着哗哗啦啦翻动，大柳树的枝叶则来来回回荡过来飘过去，变幻着父亲身上斑驳的淡绿色光影。我坐在父亲身边，眯起眼睛，看远方那热浪中浮动着的山峦。……

夜色的来临使溽暑渐退，原野上时而吹过虽不凉爽但尚利索的小风，更何况田野里没有蚊虫的骚扰。我和父亲几乎每个夜晚都重复着小屋门前习以为常的姿态，尽享那份天伦之乐。我知道父亲的烟锅在暗夜里一明一灭，我贴着他肚腹能真切地感受到他的气息，以及他缓慢的吐纳与呼吸。一股淡淡的旱烟味掺和着父亲的体汗味浸入我的肺腑，幸福的暖流便开始四溢，传遍全身。……父亲显然有些苍老了，肚腹已渐渐下垂，肌肉也明显松弛。回忆我小时候他的样子，虽然从我记事起他就不再年轻，却也算是瘦精精棱角分明、结实干练着的清爽老头。在农业合作化之前，我家有五亩多土地，从播种到收获，犁、耧、耙、锄，以至田间管理，基本上就是靠父亲一人承担。真不知就他那既不伟岸也不胖大的身板，何以能承受如此重负？他太辛苦了！春耕时节，我放学后去村头迎接他，远远地就看见父亲沐浴着夕阳余晖，左肩扛着犁铧，右手牵着老牛，老牛拉着拖车（类似东北人的爬犁），拖车上放一盘耙和几样农具以及他捡的一捆子草皮树根之类的柴火。我永远忘不了那沉重的闪着镜面般光泽的铁头犁铧，直接伸插到他的腋窝下，硌在他裸露的肋骨上，以至于使他局部皮肤殷红，人也油汗淫淫，从而让我心痛不已。我从小干活就常遭人讥笑，不是说我操作欠妥，就是笑我架步不对。然而我一直都很努力，为了父亲。星期天，假日里，放学后，力所能及的活都干过。有些农活我自信是干得好的。比如耙地：父亲在前面牵着拉耙的牛，我蹲在耙盘上屈着两腿轮番用力，扭动着屁股甩耙，身后耕过的地里便留下了一排均匀而弯曲有致的耙齿痕。沿瓜棚屋左侧不远处的那条路向前再走半里路光景，就是当年我家最远的一块叫西北坡的地。我陪父亲在那里耕地耙地的情景历历在目，记忆犹新。

暮　归

光脚板 蹬擦出

锄刃的锃明铮亮，

无耐地 将犁铧

托上父亲的肩膀。

老牛哞哞 呼唤

远方的袅袅炊烟，

舔舔嘴唇 似闻

米粥黏黏的浓香。

伫立塘边 荡涤

脚丫的泥垢疲劳，

趿拉上鞋 溅起

漫洼激越的虫响。

揉肩捶背 缓解

父亲的筋骨酸痛，

围坐饭桌 惬意

伴亲情溢满胸膛。

模糊了 黑暗中

父亲烟斗的明灭，

一个馨香 之梦

拉得格外的悠长。

瓜棚屋之梦依旧是幸福的。尽管土炕上破损的枣花席仅占炕面的三分之二（另三分之一用麻袋片遮盖），尽管我与父亲只能合盖一床打了补丁的淡蓝色被单，尽管没有枕头我只能团起衣裤垫在头下，我依然珍惜这久违了的父子相拥的幸福。父亲一如既往地关爱着我，让我睡土炕靠里的一侧，他自己睡外口。他明白，这种直通原野毫无遮拦的门户开放，会让他儿子心里惴惴不安的。平心而论，倘若没有与父亲的浓浓亲情，我是断然不会也不敢在这样的地方过夜的。父亲粗糙的手在我身上摸一摸，又捏一捏，"嗯，还不算瘦。"我知道，父亲也是深爱我的。我对父亲只有刻骨铭心的爱，这个老人是我一辈子的牵挂！其他我对他早已一无所求。四年的大学生涯，我没有向他要过一分钱，我基本上就是靠国家二等助学金，即每月的 15 元钱完成我的学业的。老人精于算计，我知道他是因为我姐一家在南京，他也就一百二十个的放心了。我也知道，他那几年在拼命为我大妹积攒一份嫁妆，其中有一件在当时很是了不起的陪嫁品——一部缝纫机。大妹从小体弱多病，严重的哮喘气管炎致使她干不了重活。实际上这就是老父亲为她谋划的一条生计。新婚的大妹路过此处，也会来瓜棚屋看望父亲，说："您看看，这不是比个坟头强嘛？"父亲喜欢大妹。

在我陪父亲的那段时间里，他生过一次病，还是拉肚子，数度起夜。天亮之后，父亲赤身坐起，双手撑在炕沿边上，两条光腿耷拉着垂在炕前。我慌忙抖开他的布褂帮他披在身上，告诉他饭后我去一趟乡卫生院，帮他买一点黄连素之类的药物。父亲听后侧过脸看着我嘿嘿地笑，"怎么，你觉得还值那个药钱？"啊，我的父亲，你的幽默让儿子的心隐隐作痛，那是一种空落落有下坠感的疼痛！你无用的儿子，真不该让你再继续在这样的状态下生存下去……再后来，我收到了学校发到村里的电报，要我回校。工宣队已进驻南京艺术学院，要两派实现大联合，成立大联合革命委员会，同时亦开始准备复课闹革命。我走的那天，太阳有一竿子高了，父亲仍赤膊站在瓜棚屋前。我拥抱了他，可他几乎没什么反应；当我走上小路回头看他的时候，他依然痴痴傻傻地呆站在那里，阳光在他的胸窝里闪闪地发着亮光，我顿时热泪盈眶……螽斯从草丛中爬到叶面上，声嘶力竭地叫着，"凄离离，凄离离……"

蝉　鸣

　　当年接父亲到我身边时，他已 76 岁高龄，几近全聋。父亲面对的将是一个无声世界。当时我爱人在外地就职，我和父亲就住在单位一间小房里，幸亏我单独使用的美工室有两开间的宽敞，这样我工作的时候，父亲就可以在里面陪伴我。父亲就坐在进门旁的一个方凳上，面对着我的工作台。我虽然工作繁杂，但大部分时间还是用于编辑电影小报和绘制幻灯片等案头工作。我每每抬起头来，总能与父亲那充盈着爱意的目光相遇，他似乎一直都在看着我。我想，在这个世界上，还有谁能会如此长久地用慈爱的眼光注视着我呢？啊，父亲是我的，我是父亲的！

　　但凡耳聋的人，因缺少与外界的交流而倍感烦闷和着急，父亲就常拽拽耳朵说："里面就像有只蝉在吱吱地叫。"我工作的间隙，便轻轻走到父亲面前，双手捧着他的面颊，用手掌心轻轻地揉他的耳骨部位；我知道这是徒劳的，充其量也只是一种精神上的慰藉。可我揉那么一会儿，父亲便仰仰脸看着我，"嗯，不叫了！""蝉声住，水上起夜雾。"这种蝉声骤停的意境是童年时在家乡《荷花汪》边感悟到的。荷花汪是个地处河套低洼地带的狭长水塘，当暮色苍茫，水面上升腾起一片轻柔的夜雾时，蝉声会戛然而止，代之而起的是荒野的一片虫鸣。

父亲带我经常光顾荷花汪，或中午或傍晚，我们要在这里洗手，洗脸、洗脚，间或清洗农具。汪边环绕的灌木丛留有两处豁口，这里浓密的巴根草连同土皮呈弧形地弯着向水面探去。蹲在汪边，清洌的水伸手可及。

蝉的叫声是从夏至前后开始，此后两个多月里，天天从早到晚那声嘶力竭的蝉鸣便不绝于耳。荷花汪边那棵生出红胡子的古柳，高高枝干上趴着一溜儿的蝉。走近荷花汪，那振聋发聩的蝉的合唱足以让你的耳朵瞬间失聪。但愿父亲的耳鸣不是这种蝉的和声！螳螂捕蝉确有此事，从古柳浓密的枝叶中传出蝉"吱吱嘎嘎"短促的惨叫声，那就是它被螳螂锯齿形的前臂夹住了，蝉只有在恐惧中颤抖着悲鸣的份。螳螂摆动着三角形的小脑袋从头到尾地将蝉蚕食，只剩下四片薄薄的蝉翼随风飘落。也有的蝉侥幸逃脱，那是螳螂还没有进入有效距离时，那蝉便惊恐地飞起："吱——"地一声长叫，在空中撒一泡尿后向远空遁去。据父亲描述，耳鸣声似乎与此有相似之处，我鄙夷这种蝉声！有一种比普通蝉小一号的蝉，呈墨绿色，叫"喂悠哇"，它从别处飞来，落到汪边挺拔的小杨树上鸣叫，"喂悠喂悠哇——，喂悠喂悠哇——，喂悠——"一声拖着长音的鸣叫便飞走了。纯粹是那种流窜作案的户头。不过它的叫声有着委婉曲调的变化，与耳鸣声无关。还有一种再小一点的蝉，草绿色，同样背脊上有黑色花纹，身体显得细长些，腹部两片响板也格外地大，叫"嘟了"。这是一个急性子震颤着全身嘶叫的家伙，"嘟尔，嘟尔"这是一种生命的赞歌，一种冲锋陷阵的呐喊。"嘟了"亦无耐性，像那种走穴的演员来垫场，唱一曲就一走了之。最小的一种蝉只有小指头顶般大小，叫"小景景"，或叫"小叽叽"，灰不溜丢的。"叽——"叫声绵长而带有嗡嗡音，极像耳鸣，这种小虫似乎很是有些多余。

我和父亲的洗涤一直持续到立秋之后。荷花汪的水不清不浑、不深不浅、不冷不热，就是说汪里的水虽不是清澈见底，但绝对是清凌凌的无污染：0.7 米到 1.6 米深度的水下无任何污泥，而是那种台阶式坚实的黄泥为底，踩在上面是硬硬地湿滑。另外，水位常年不变，水温似乎也是相对的稳定。父亲时常让我双手撑地，撅起屁股，向我脊背上撩水给我擦洗，擦到肋骨时我便嘻嘻地扭动着身子护痒，父亲便在我屁股上拍一巴掌，"唏"！其实父亲的手糙糙的挺解痒，他总能在我身上搓下一些格楞楞的条状灰来。

诗人臧克家的著名散文《野店》，写的是那个年代他途经潍坊住一路边店的真实感受，"小伙子肩膀上搭块破烂黑布就进来了"，"客人若要洗脸，就端来半瓦盆清水，肥皂和毛巾是没有的，那年头，这实在是一种奢侈"。记得母亲曾和人说："毛巾？我家有啊，羊肚子毛巾。"于是我便想起了那条挂在铁丝上说不清什么颜色的毛巾，斑斑驳驳，绒头成片脱落呈网状的悬垂，散发着那种淡淡的霉馊与汗酸味。我从不肯用这毛巾，另有用家织布剪裁的汗巾状况也好不了多少，且吸水性能更差。我和父亲在荷花汪清洗后基本上都是靠自然晾干。头发湿漉漉时，我就把头摇得如同货郎鼓一般，任水珠四散；脸上的水则用手撸两把；手上的水用力甩一甩……父亲带我度过的清贫岁月，让我永久地眷恋！

我想搀着父亲漫步家乡原野，结果只能是登上了楼顶平台；单位人下班之后，整层楼上便剩下我与父亲两人。晚饭后我便搀着父亲爬过一段陡峭楼梯来到偌大的楼顶，父亲坐在一条长凳上，我坐马扎子依偎在父亲身边。父亲双手扶膝，正襟危坐，定定地望着远处层峦叠嶂的群山。大山在苍茫的暮色中给人以温暖的感觉。父亲所望的正是那有名的镇江南郊风景区，只是当年尚属"文革"后期，这块风景名胜之地正遭受着水泥厂及采石场等人为施工的破坏与污染！在镇江的诸多风景名胜区中，我更偏爱于南郊：竹林寺、招隐寺以它们深厚的历史沉淀和幽静秀美的景色吸引着我。那梁昭明太子编纂《文选》的读书台；那大音乐家戴颙"携斗酒双柑听鹂声"的洒脱；那大书法家、画家米芾开创"米氏云山"画派的发祥地……

史书记载，米芾有洁癖，每每用银觚浇水洗手洁面后，从不用布巾擦拭，两手拍拍自然晾干。想想他是怕洁净的布巾不洁净，我和父亲是因不洁净的布巾而弃用，结果却是殊途同归（都是洗手洁面后不揩擦而自然晾干）。又想到大千世界，我竟然分配到这位大艺术家选定的、终其一生的居住地，不禁哑然失笑。我突然心血来潮，大喊一声："缘分呀！"朝南郊方向一揖到地……父亲不知就里，也听不到我喊的是啥，咧咧嘴笑了。

小手术

　　疝气手术属"微创"，可大抵微到什么程度却是一无所知。只知道术后我的腹股沟上侧留下了一条长约 5.5 厘米的疤痕，硬硬地胀痛着的凸突，像一条从潮湿疏草地里爬出来沾着细沙粒的酱色蚯蚓。

　　做此手术实出无奈。春节过后，这毛病便迅速加重，频繁发作。那种莫名地连续打嗝，长时间空坐马桶的便意，腰也直不起来的腹痛，使我备受折磨！随之而来的便是四肢乏力，面色苍白，红细胞 RBC 偏低、血红蛋白 HGB 偏低！五年前我初发疝气时，很是不以为然，甚至还有几分窃喜，我知道这是老父亲留给我的一份纪念：我身上流淌着他的血液，我和他有着相同的遗传基因和生命密码，自然也包括某些遗传疾病的诱因。

　　每每疝气发作，我便一边学着父亲那样向上挤压，一边眯起眼睛想象着当年父亲所受的痛苦折磨！父亲的疝气似乎比一般患者都要严重些，每次发作都有碗口粗一嘟噜地下坠，在裤裆里紧绷绷地鼓凸着。父亲总是避开人群，身体左倾，右腿弓起仅脚尖点地，双手插进裤裆里叠加着向上挤压！父亲痛苦地咧着嘴，咝咝地吸着冷气，持续着缓缓加力……良久，方"咕叽"一声，挤压了上去。其实当疝气发作比较严重的时候，单靠挤压未必奏效。我的方法是仰面躺在床上，把屁股垫高，再慢慢理顺着侍弄着按压。究其实质这办法也是来源于父亲，只是他劳作在荒郊野外，条件太差，只得因地制宜、因陋就简地做临时处理。当年有人曾见父亲脚高头低地躺在村前大河堤上，我估计他这次发作是真的极其严重了！这是父亲在危急情况下自救的无奈之举。

　　有业内人士说父亲的疝气叫"坎道疝"，坎道即疝气上下的卡口，一旦坎道被疝气卡死，会有生命之虞！后来我曾数度来到这段寂静的河堤，推测、寻觅父亲当年可能躺过的地方。斜坡陡峭长约 4.7 米，疏草离离，有荆棘杂生其中，裸露处的沙质土地长年经雨水冲刷，沟沟壑壑呈硬壳状粗砺。坡下沟底边，成片的苍耳子和半倒伏的衰草上淤积着草梗碎屑和黑色烂木渣，标志着秋水泛滥时曾经的水线。底洼处潴留的塘水已经干涸，龟裂着翘边的淤泥薄片。"就是这么个不堪的地方"，我微微摇头，眼前浮现出倒躺着的父亲那油汗淫淫的胸膛和额头上滚动的汗珠。我长叹一口气，可耳畔分明也传来了一声喟叹："哎唏——"柳荫浓浓，四顾无人，可继而又仿佛听到了父亲"哎哟俺那娘嗳"的呻吟声……

历经磨难，父亲于1960年到南京，由姐夫带他去港口医院做了疝气开刀手术。那年他62岁，这使他在晚年岁月里免受了这种疾病的折磨与痛苦。我是住进医院的第三天做手术的。从上午10时零5分被推进手术室，至下午2时13分被送回病房，共用了4小时零8分钟。其实真正做手术的时间估计45分钟左右，大部时间是用于术前排队等待和术后被搁置在门廊旁的观察。当我赤身反套上简易蓝条病号服，被推着进入漫长迂回的金属甬道时，心中自是涌起了一种莫名的悲壮！儿子在我被推进手术室门的瞬间，拍了拍我的腿，刹那间一股暖流涌上心头，宽慰着我的心。这种充盈着亲情的宽慰从我一住院就令我感受良深。四个外甥和儿子对我入院后的有关事宜做了精心安排。连那一系列的检查、化验、拍片都细心算计，以至于在三外甥鲁港陪护下匆匆忙忙往来于人满为患的走廊，穿梭于熙熙攘攘人流，终于在规定时间内，完成了医院要求的各项检查。

手术前一天晚上，孩子们便把我悄悄带出医院，到老门东一家雅致的菜馆举办"为舅舅压惊"聚餐会。菜馆幽静而别有一番高雅韵味，菜品做工也十分的精细与考究。氛围情绪都出奇地好，但我还是在这些美味佳肴面前拿捏得颇有分寸；因为从晚十时起我就得开始禁食、禁水，为明天的手术做准备。我估摸着食物摄入量，又小心翼翼地捏起一个做工精致的小玉米面窝窝头。在柔柔的灯光下，窝窝头黄澄澄亮闪闪着晶莹剔透，且柔软而富有弹性。我慢悠悠地小口咀嚼着谷物的淡淡清香和丝丝甜味，霍然想起当年父亲从南京回到老家后吃窝窝头的情景。现在的人们已经无法理解和想象当年的饥荒，术后的父亲羸弱得令人心酸。母亲去园子里割回一捆南瓜藤，洗净、剥皮，剁碎，撒上一些玉米面做菜团子窝窝头吃。母亲单独为父亲做了一个玉米面多些的窝窝头。蒸熟后的这个灰绿色窝窝头，便呈现出一圈圈、一条条、一片片斑驳着的黄色。饥馑笼罩着萧瑟的村落，我为父亲的处境和身体状况担扰！

时过境迁，直到这次主治医生对我术前谈话，我才明白我与父亲虽然同病同源，可随着科技的进步与发展，同样的手术反差竟是如此之大。主治医生的谈话尚属简明扼要，他在一张格子纸的背面画了个大致的盆骨形状，在上面画了两个表示洞的圆圈。"人人都有的"，他说，"只是你右边这个洞漏了，有肠子漏下来。""怎么办？"他两手一摊，随即右手向下一翻一按，"打个补丁补起来。"大概是为了更加直观，他在画有圆圈的部位加画了个方框，表示补丁。"简单吧？"他一边在边框上快速画些表示针脚的短线，一边说："要是过去呢，就得开刀切除一段肠子，再把其余肠子的切口缝合接起来。"我霍然明白了父亲说他当年割出了一坨子血糊糊的东西，原来那是他那一嘟噜下坠的肠子！我的心"咯噔"一下，嗡地一声便开始了耳鸣。我已经无心听医生说什么了，满脑子都是当年父亲那懦弱的身影在我面前晃动……主治医生大概看出了我的心不在焉，变得严肃起来！一本正经地向我宣告了应有的思想准备。大致意思是说手术存在着一定的风险，诸如排异反应的严重性啦，术后另一边疝气发作的可能性云云。我心里明白，这是套路。作为医方，必然会考虑万一出现意外情况，他们怕"医闹"！

其实，我的手术倒是挺顺利。推上手术台，医生在我腰椎两侧错落开注射了两针麻药，我的下半身便慢慢失去了知觉，仿佛不复存在。胸部上方的布帘徐徐落下，遮住了我的视线，布帘那边发生的一切，似乎与我无关。我眯起眼睛，放缓呼吸，让时间从身边缓缓流过……整个手术过程，我只听清了布帘那边传来的一句话："换个大一号的针给我！"我手腕上埋了针头，输着液被推回了病房。良久，麻木的肢体才逐渐恢复知觉，好在刀口的疼痛尚在可忍受之列。而后就是输液，不停地输液直到深夜两点钟。细心照顾我的小外甥鲁航，方打开折叠床休息。我睡不着，昨夜就开始的失眠又在继续演绎！我闭上眼睛，但感觉和意识依然清晰。病房里的任何声响，隔床老爷子喉咙里发出的咝咝声，邻床窸窸窣窣的翻身声，陪床女士那断断续续的轻微鼾声，以及夹杂在梦呓中的一声叹息，都很明细地闯进我的耳朵里来……良久，我微微睁开眼睛，见窗上有了些许曙色，又听到了楼外树枝上宿鸟的搏翅声，东方欲晓。我突然产生了一个强烈的欲望，就是赶在众人起床前刷刷牙洗洗脸。我轻轻地蹭下了床，小心地移动到洗脸池边。先刷了刷牙，满嘴的清新气息，舒服极了！正当我伸手取毛巾时，突然一阵晕眩；我心里明白，这脸是洗不成了！我双手把住水龙头轻轻下蹲，顺势躺在了地上……我倒地的过程被隔床的老爷子看到了，他喊了一声。鲁航猛地爬起："我舅！你怎么啦？"声音凄厉而带颤音，显然把他吓坏了。邻床的陪护女士也赶上来帮忙，把我扶起送回床上。

我有点糊涂，依稀记得躺在地上的感觉舒服极了。迷蒙中我又想起了康复后为生产队放猪的父亲。猪是一种不易驯化的畜类，那迈动小脚颠着屁股的碎步小跑，那种只顾贪吃"咴咴"叫着的傻样，那种不长记性重复犯错的劣根性，都令人厌烦！父亲早出晚归，整天和这样的十七只尤物打交道。什么红毛、稀毛、大耳朵、二坏、花鼻子、闷骚子、小花……不一而足。

父亲戴一顶破斗笠，衣服披在左肩上，即使天凉穿衣也要袒露右臂，或把衣袖缠在腰上，像西藏人那样。他要不时地挥动鞭儿，驱赶这批蠢货；还要时不时弯腰捡土块投掷到那些妄图作奸犯科的猪儿身上。那时我在诸城一中读高中，回家要走75里山岭薄地间的崎岖小路。我总能在日脚西斜时分到家，随即便到田野上寻找父亲。见到父亲时又总是情不自禁地扑到他怀里拥抱他。

循着鞭梢儿抡圆的炸响，

伴着日脚儿伸延的夕阳。

拥抱原野上走来的父亲，

拥抱那斗笠儿漏碎的阳光。

闻一闻他嘴唇上淡淡的烟味，

吻一吻他面颊上岁月的沧桑。

亲一亲他胸口上细密的汗珠，

靠一靠汗珠下肌肤的微凉。

何时给父亲个衣食无忧，

背负他，甘愿赤脚走在心怡的故乡！

"查房啦！"有人喊了一声，随后便响起了踢踢踏踏的杂乱脚步声。我依依不舍地从追忆父亲的幻景中回过神来，就见一群医生涌进来各自在床前通道上依次站定。"听说你晕倒了？"问话轻松而有些随意，仿佛一股轻俏的小风。我点了点头，虚心地等待着分析、宽慰和有关后续治疗的意见。"我们对你的治疗到此已全部结束！也就是说，你继续留在这里，也不会再有任何治疗了。"我目瞪口呆，被主治医师这突如其来的谈话给弄蒙了。"如果你愿意的话，马上就可以去办理出院手续了。"我依然没有转过弯来，心想，病人手术后，医生最盼望病人放屁，只有放过屁才说明通了无大碍了。我想说，"我还没有放屁呢？"可话到嘴边就变成了"我还没有吃东西呢？"主治医生和另一高个子医生对视了一下，"他可以进食了哈？"对方点了点头。"你可以进食了。"主治医生说。进而又和颜悦色地看着我，"你出院回家吧，回去爱吃什么吃什么，想吃点什么就吃点什么吧。"我怎么听也觉得这话有点别扭，什么叫想吃点什么就吃点什么！倒像是对来日无多的绝症病人讲的。但转念一想，顿时释然，"嘿！这不是小手术吗？小手术。"

第二辑

亲情留痕

秋 夜

深秋。梧桐树上一片卷曲的褐黄色树叶伴着残留的暮色飘然而落。在墙边暗影处忽系一缕小风"沙——"匀速滑行斜过庭院，像一只奔跑的饥鼠。

晚饭后，黑影愈浓。群鸡陆续宿窝，母猪却撞击着栏门"咴咴"叫着进行反饥饿的示威与抗争。母亲点起影壁墙龛子里油灯，我和父亲便悄然进入里间屋，借着那片昏黄的灯光铺开我们的被窝，爬上炕坐在被上压着、暖和着。堂前，母亲在她那边迷蒙的亮光中洗锅抹灶。母亲手脚麻利；锅碗瓢盆的磕碰声，锅铲与铁锅刮蹭那刺耳的沙涩声，葫芦瓢舀刷锅水的哗哗声，此起彼伏……舀入瓦罐的刷锅水加上两勺谷糠和一些浮着烂菜叶子的泔水，就是母猪几经折腾抗争得来的一顿晚餐。

母亲喂上猪，堵起鸡窝，一切收拾停当后才返身插上门闩跨步进入里屋。我和父亲已经躺进被窝，母亲便在我身边炕席上，放一木头墩子，端过油灯，开始做针线活儿。油灯是一件铁铸的老物件；从底座、灯腰、把手及顶端灯碗，均裹着一层黏腻的油污和岁月尘垢。我怔怔地望着闪闪烁烁的灯火，霍然想起我还很小的时候，母亲抱着我一摇一摇地晃，"小老鼠，上灯台，偷油吃，下不来，买个饽饽哄下来。"母亲在说到"下不来"的时候，有意停顿，然后猛然在快速念着"买个饽饽哄下来"的同时，迅速摆动着脑袋把额头拱到我的肚腹上，我便咯咯地大笑。如此反复，其乐融融！我渐渐地长大，母亲也早已没了那份心情。突然"叭"的一声，是声音不大的炸裂声，如同爆豆，打断了我的遐想。紧接着，"叭、叭、叭"又响了几下，原来是灯芯结出了一簇灯花。母亲用剪刀一剪，一小截灯芯连同灯花落到了灯碗里，"嗞啦"一声一股油烟腾起，伴随着那种难闻的灯油味……风停了，夜更加寂静。

在夜的沉寂中我听到了一种委婉凄切的虫鸣，忽远忽近，缥缥缈缈；这仿佛是一群神妙乐师的动情合奏，哀怨而幽奇，清远而凄迷。这种不可名状的天籁之音，让人产生一种酸酸的隽永的感觉。忽然，窗外石榴树下的一只蟋蟀加入了秋虫的合奏，声音圆润、响亮、细腻、婉转而清晰，时时伴随着一种动人心弦的颤音……母亲说："你听，拆拆洗洗，拆拆洗洗，叫得多好听！连小虫都知道天凉了，要准备过冬了。"唉！母亲叹了一口气。母亲和乡邻们把蟋蟀命名为"拆拆洗洗"，大抵是依据其叫声，都认可，也算是约定俗成了。母亲是在名副其实地拆拆洗洗；她要把破旧衣服拆了，洗净、补缀好了给我们做成棉衣。常常是进入了冬天，天气很冷了，我们都穿上了棉袄棉裤，唯独母亲还穿着单裤，她总是家中最后一个穿棉裤的人。

傍晚，我常常站在我家屋后的土坡上西望，渠河两岸绿褐色的林带疏疏落落渐趋迷蒙，青黛色的沂蒙山峦在暮色中茫茫苍苍给人以温暖的感觉。我知道那迷蒙远方的一座圆溜溜的大山下，有个偌大的村落是母亲的家乡。姥爷去世早，是身体惴弱的姥姥带着母亲、舅舅和小姨艰难度日。三子女中母亲排行老大，更是多吃了不少的苦。贫穷凄楚的岁月养成了母亲吃苦耐劳，行动利索，干起活来如同拼命似的习惯。嫁给我父亲后，这种老夫少妻的结合并没有使母亲的处境从根本上得到改善。她必须继续拼命干，以弥补丈夫年老体衰的不足。父亲对母亲的能干时有夸赞。他说："在外面在坡里你看她那一通干噢！极好的个青年也干不过她。可是东西一旦收到家里，怎么样谋划、安排，她就没谱了。"按说一个人在极其艰苦的环境中长大，他身上必具备常人所不及的长处与优点，同时也会存在这样那样的不足。可是我并未发现母亲在持家方面有什么明显疏漏，只知道一应家务，推碾转磨、蒸煮烧炖、洗刷缝补，全由她一人承担。日子的拮据，食物的匮乏、繁重的劳动，使母亲的体力严重透支！三十几岁的人头发已经灰白，还落下了迎风流泪的毛病，视力也急剧下降。

　　一丝睡意袭上了我的心头。我傻傻呆呆地望着母亲把灯芯向外拨了拨，随着一股黑烟那灯火便"噗"地变大，又慢慢变小了些，但依旧明亮……突然，母亲一缕垂下来的头发触到了灯火，顿时"忽"地一声一团火光卷上了头顶！伴随着"嘎巴嘎巴"的声响，空气中弥漫着一股油脂烧焦的香味——母亲的一缕头发被烧光了！这突如其来的变故令人猝不及防，伴随着瞬间腾起的火光我竟"哈哈"地笑出了声……"好你个王八羔子鳖犊子，你个不长良心渣的畜类！"母亲咬着牙根地骂我，余怒未消，"怎么？烧煞我你还得唱台大戏？"我自知理亏，亦无可奈何，只得懊恼地吸了吸鼻子，把头缩进了被窝。父亲自始至终没有吭声，慢慢侧转过身子，把我搂在怀里……

抱着与背着的记忆

童年。被家人怀抱着的记忆，像影子一样迷蒙模糊；远没有被大人背着那样有直觉的清晰。司空见惯的是小孩在大人怀里被斜襟的大袄兜揽着，叫揣着个孩。露出的小脑袋通常戴布质瓜瓣式圆帽，顶端留有一个约鸡蛋大的圆洞，奓煞出些许稀疏黄毛。我无从考证自己是否也被这样揣在怀里过，是否也把三两根脏兮兮的小手指放在嘴里吮着，粘连着滴滴拉拉的口水咿呀着傻笑。

听三姐说我从两三岁起就经常被人抱着的，因为我会认字。抱出去认了字还会得到像糖葫芦之类的奖赏。字是三姐教的。她的启蒙教育就是在我光溜溜的脊梁上画字；开始大抵是从“一、人、大、天”这样笔画简单的字教起，循序渐进，日趋繁杂。随着笔画的增多，我需要更加屏心静气地感悟；于是就要求前后字之间要有清晰的停顿与间歇；三姐就在我背上来回抹弄两下，表示前面的字都擦干净了，再开始一笔一画地写下面的字。据说我那时大概能认三百多字，所以一般标语、布告、通知之类文字难不住我。只可惜我这人有些不成器，硬是把这段有点光彩的记忆无端地从脑海里给删除了。不过我还是记得三舅抱我到大街上，在有石碾子那面的石灰墙上认字的事。三舅是我父亲已故前妻、也是我们母亲的弟弟。那次认字后，他高兴得硬是让我骑在他脖子上，摇晃得我咯咯笑着驮回家的。三舅细细瘦瘦，亦属标致青年。后来他参加了担架队，跟随解放大军南下，可惜牺牲在淮海战场一次敌机空袭中。还有一次被抱着的记忆是因自己的过错被传为"笑柄"，想忘掉都难。

三舅牺牲后，姥姥家实际就只有二舅一家子了。三姐带我去他家时，表姐把我放在她坐着的膝盖上，问："三姐在家干啥？""上识字班"。"堂哥呢？""读夜校。""那你呢？"我摇了摇头。表姐笑了，"我看就你是个小顽固。"这下子她可算是捅了马蜂窝触碰了挂弦的拉雷，我从她膝盖上哧溜滑下，嗷地一声开始大哭，随后便是打滚撒泼地闹！二舅走过来，"哎！谁家的孩子这么不讲礼，到我家来胡搅蛮缠呐？"二舅的训斥无异于火上浇油；我便扯开嗓子地哭，几度哽咽，满头大汗！三姐抱我走到大门外，左邻右舍一应众人便聚来哄我，答应替我做主。问我有什么要求，我哽咽着指了指院子里的二舅，"打，打老汉！"这下子算是出了名，"打老汉"的故事更是不胫而走。多少年之后，还有人笑说此事，我的脸上照例会掠过一片短暂的晕红。关于被抱着的残存记忆实在少得可怜。仔细想来，抱着的小孩大抵是小一号，南方人叫"奶抱子"的。能背的小孩应该大那么一点。实际上三姐当年带我去姥姥家，我算是不大不小介乎二者之间了。

十里山路沟沟壑壑，她抱我一段，过深沟；背我一段，爬大坡；在平坦些的小路上，还会牵着我的小手哄着我走上一段的。三姐长我 11 岁，那时她应该是十六七岁的样子，可她脑后的大辫子已又黑又长的过腰。背我时得先把辫子顺到胸前，然后蹲下身让我趴在她背上。她是用两手揽着我大腿背我的。时间一长，我屁股下坠，她就弯下腰往上颠颠。这时候，她的辫梢儿通常会触到地面上。三姐带我去赶集的时候，我会主动地在她前面跑上一段路，很是有些兴高采烈。因为每次赶集三姐都会给我买一角儿旋饼。她身上没钱的时候，就宁可向同伴借五角钱也给我买。她对同伴说，她绝不让跟她出来的弟弟失望。吃一角旋饼，这是那些富人家的孩子，永远也体会不到的奢侈与享受！

后来发生的事让我有些懊恼不已，颇觉得有些颜面扫地；因为两次看电影我都中途睡着了，给背我的三姐增大了难度。第一次在石埠子看电影《钢铁战士》，当看到被俘的八路军小战士识破敌人阴谋，冷不丁把钢笔刺向了敌人的眼睛时，气急败坏的敌军官一手捂着眼，一手拔出手枪"叭！叭！"两枪！正迷糊着的我惊骇地打了一个激灵，醒了。可过了一会，眼皮又开始打架，慢慢地就啥也不知道了。第二次是在马庄看苏联影片《玛丽黛传》。那是个月朗星稀的夜晚，马庄村外宽阔的沙地上人山人海，电影结束之前我故态复萌，再度睡去。想象得出散场时，人群好像海退潮，熙熙攘攘，大呼小叫，向四面八方沿田埂、沿阡陌、沿小路涌去……我依稀觉得有阵阵杂沓的脚步声从身边走过，三姐背我让过人流沿岭坡缓行。

小路坎坷崎岖，中间要蹚过两条河流，涉过大片沙滩和丛林。我脑袋瓜里还充斥着一些光怪陆离的梦，断断续续杂乱的形象在脑海中匆匆闪过：飞机、大炮、战火纷飞、坦克群轰隆隆碾过波兰的城镇村舍……有人沿一条绳子从楼后滑下……一个德国兵凶狠地把一个漂亮男孩的嘴巴捏成 O 形……红军战士玛丽黛受尽折磨、衣衫褴褛，一个老鬼子走过来，假惺惺地对她说："孩子，你痛吗？"……山地里鬼魅般的纳粹军影，野兽似的若隐若现、随时出没……

过闸河时，我曾懵里懵懂睁开眼、醒了，只是一时竟也回不过神来。闸河水清澈透明，水流湍急，水底大大小小的鹅卵石都像绿毛龟一样，覆盖着滑腻腻的绿苔，水中飘动着像丝丝缕缕碧绿色的云霓……踩在河底，脚趾便不由自主地并紧着下弯防滑。伴随三姐背我涉水的哗啦声，有鱼群"拨剌剌"顶着水头逆流而上，闪着片片幽蓝色鳞光……睡意又沉沉，后来的事我便浑然不知。

渠河比闸河宽五倍有余，涉水后面临着大片叫作沙窝头的金色沙滩，厚厚的细沙直抵那红茎绿叶的嫩柳丛边。漫漫黄沙，每迈一步，脚便陷入细软的沙中，身后便留下一串漏斗形的硕大脚窝。父亲背我走过这片沙滩，他两只粗砺的大手习惯于在我屁股下十指紧紧相扣。我搂着他的脖子，侧着脸紧紧贴在他的背上，心里涌动着一股幸福的暖流。走出沙窝地，父亲就哈腰把我放下，选一干净处，席地而坐开始抽烟。他那汗浸油渍的皮质系绳通常是搭在脖子上的，一头拴着烟袋杆，一头连着烟荷包，这两件宝贝就在他胸前荡悠着。父亲的铜质烟锅浅浅的小于雀卵，只能装一小撮旱烟末。打火用火绒点烟的时候，父亲还是吸得啵啵有声。吸过烟后，他依旧长时间地噙着烟嘴，仿佛意犹未尽。父亲双手抱膝，他的双脚和小腿被河水浸湿后沾上了一层均匀的薄薄细沙，沙粒中那极细微的石英如金属质光泽闪闪烁烁地发光。淡绿色的树影斑斑驳驳在父亲身上晃来晃去，干透了的沙粒稍一触摸便簌簌地脱落，皮肤上留下了像化过妆那样染就的柔柔润润的微黄。我采着狗尾巴草，学着大人的样子咬着一根青涩草梗。父亲在鞋底上磕了磕烟灰，兀自站起，拍拍屁股，一片尘埃便随风飘散，我知道这就是我们与沙窝地作别的时候了。

三姐背我走沙窝头却没有歇息的惬意。筋疲力尽考验着她的刚毅与坚强！她必须大幅度地弯腰呈九十度把沉睡的我驮在背上，然后一手扶着路边树干，一手帮助两脚交替着清除鞋里的沙子，以继续前行。

母亲背我的时候，也是尽可能地弯腰向上颠我，可当她慢慢直起腰时，我的屁股就触碰到了木棍。母亲的双手就在我屁股两侧反握着木棍揽着我。所用木棍带有极大的灵活性与随意性，镰把、镢柄、耙子杆，一应农具皆可信手拈来。母亲好像并不太注意我的感受。在全家都起早贪黑收秋的时节，更让我尝到了屁股被硌得生痛的滋味。夜里母亲曾不由分说地把我摇醒，给我穿好衣服，用耙子杆揽住我的屁股，匆匆忙忙地出了村。夜色沉沉，母亲两只小脚，沿着迷迷蒙蒙灰白色小路，噔噔噔地疾走，她是去我家"长阡地"搂豆叶。凉风吹我清醒，令我打了个寒噤。前方不远处的刘家老林墓地是我们必经之处。此地古柏苍翠、荒草及腰，常有人脚獾、野狸子、黄鼠狼之类在其间出没。不久前有人在林边捡回三只小獾子，出于对这片神秘墓林的敬畏，担心老兽群起报复，便又悄悄送回林边放生……临近林间墓地，恐惧感陡增！我将脸埋在母亲背上，可还是真切地听到林地里有窸窸窣窣的声音……一股凉飕飕的寒意爬上了头皮，身上也立时毛了起来，总觉得身后有什么怪物跟着我们！

母亲似乎毫不在意周围的一切，她的脑子里大概只有她的农活。到了地头上放下我，撸下耙杆上缠着的绳索，便麻利地搂起豆叶来。地不宽，一起赶着搂。母亲手握几近直立的耙杆，快速挥动着，"唰唰唰、唰唰唰"，声音在寂静的夜里显得格外的夸张与有着惊人的穿透力。母亲越搂越远，站在地头上的我越来越冷。当母亲的身影模糊得看不清的时候，唯有那唰唰唰搂豆叶的声音隐隐传递着些许宽慰……

天越来越冷，天地间气温在湿雾般迷迷蒙蒙中骤降。开始下霜了，露结为霜。一会儿原野上便落了一层白白的霜雪。我开始哭泣！嘤嘤地哭。那种无助的、无限委屈的、自怨自艾的哭泣。东方渐渐有了些亮意的灰白，母亲像一个硕长的影子晃动着向我走来。及到跟前，母亲便拂去地上的霜雪，和我面对面地坐下来，脱掉我的鞋袜，把我冰凉的小脚放在她衣服里面松过腰带的肚皮上。又探身抓过我的小手，摆动着脑袋使劲地对着哈气。我与母亲的脸相距很近。晨曦中，母亲的脸瘦削而青黄，鬓角边脸颊上染着淡淡灰痕，蓬乱的头发上支棱着豆的叶梗和霜打的碎叶。我仿佛一下子读懂了母亲！于是那受冻的委屈啦，被硌屁股的疼痛啦，曾因被忽略产生的怨气啦，一股脑儿地云消雾散。

悼苏成

  1980 年农历十一月二十六，父亲在老家病逝！我和姐姐千里奔丧。当夜，我独自在空空荡荡的老屋里为父亲守灵。父亲躺在棺材里，我在棺材外，屁股下垫一块木板席地而坐。一盏豆油灯若明若暗，映照着老屋的破败与寒碜。

  正值隆冬，从昌潍平原上刮过来凛冽的西北风呜呜地叫，屋边小棚子上的铁皮咣唧咣唧闹个不停，严寒紧紧地裹挟着这悲凄的破败之家……夜半时分风停了，寒气逼人。我双臂抱肩，感到了一种从未有过的悲怆与孤独！心想："要是有个兄弟多好啊，和我一起分担这丧父之痛。""不是没有哇！"这突然的一声呐喊连自己都感到吃惊，这猝不及防的心声仿佛不是自己的声音似的。突然，从关闭的屋门下端缺损处吹过来一股利索的冷风，嗖嗖地寒彻骨髓，那油灯的火焰便一阵狂乱地摇摆；火苗与灯芯若即若离，噗噗噗地做顽强的挣扎！我赶忙侧过身去伸手遮挡……风静处，我感到似乎有人来到了我的身旁。来人身材匀称，20 多岁的年纪，端正的鼻子、薄嘴唇，面部略显瘦削与清癯，但仍不失其白皙与俊朗；衣着比较单薄，上身套一件有些板结的旧羊皮背心，两手显得粗糙甚至皲裂，看了叫人心疼！我有些惊骇，"是苏成吗？"他点了点头。我顿时热泪盈眶，伸手去拉他，想把他拥在自己的怀里……他摇摇头，轻飘飘地向后退去，愈退愈远，像一个影子渐渐虚化……只觉得他似乎以袖掩面，唏嘘不已，那样子好像在说："哥，我并不存在，我只是一种梦幻、一种虚无而已！"他消失了，消失在东边屋顶的破损处。那里露出了一块面盆大小的灰蓝色天空，在那块仿佛冻结了的天幕上，有两颗含泪的星星……

我想起了苏成短暂的一生。1952年，政府号召翻了身的农民学文化。在农村，各种夜校、识字班、扫盲班应运而生。有一种叫"速成"识字班的夜校更为青壮年青睐。就这样，当年出生的苏成取其谐音成了他的名字。我家与学校相邻，"速成"识字班的学员常三五成群地来看他。苏成是个乖孩子，很讨人喜欢，鼓鼓的小脸透着几分俊俏，小嘴一抿一抿的。母亲给他喂过奶，把他包一包放在炕上，他便舞动着两只小拳头，一个人在那里静悄悄地玩，从不大哭大闹。即使饿了想吃奶，也只是委委屈屈地哭泣，"哼哼唵——哼哼唵——唵哼哼，唵哼哼！"哭声文雅而有韵味。我每每放学回家，总喜欢把他抱起来玩，把他紧握的小手放在我鼻子下闻，放在我额头和面颊上蹭，感悟那柔柔的嫩滑和溢满胸间的亲情。全然不顾婴儿的奶腥味和小手丫里的灰垢。

　　在这个世界上，他的生命仅仅存活了42天便戛然而止。他是突然得病，不会吃奶了。最后两天就是静静地躺在炕上，只剩下一丝微弱的气息，眼角竟也挂着两滴晶莹的泪。按照老家的习俗，没有长牙的孩子是不可以入土掩埋的。我永远忘不了苏成的遗体被父亲挟在腋下取走的时候，母亲那撕心裂肺的长号！那悲悲凄凄的恸哭在薄暮中久久回荡……母亲哭罢，长叹一声，擦干眼泪，抓起我的手，带我消失在暮色中，她那是带我到姥姥家去"躲七"。我又成了家中唯一男孩，"躲七"大概就是怕死去的小孩把我的魂也勾去吧！"躲七"归来后，我便悄悄地瞒着父母到村东河崖边寻找丢弃苏成遗体的地方。

　　村东的渠河岸边有大片的树林，林地中绿草如茵，从林地的边缘到河道中的水边，通常要经过一片较为开阔的沙滩地。夏天发大水时，洪水便漫过沙滩冲击树林的边缘地带（有时也漫过林地），一次次冲刷，大水掏空了树林边缘的岸，形成了向内凹陷的"哈塌坎"。苏成就是被丢弃在这样一个离村有一里多路的哈塌坎中；他的遗体已经不见了踪影，只是他穿的那件灰蓝色夹衣为我所熟悉，那是母亲用旧衣为他改制的，尽管这夹衣亦被撕成了丝丝缕缕。有两条较宽的布条，一半压在细沙中，一半在悲凄的秋风中瑟瑟发抖！

我后来又去过一次，但是那里已经没有了任何痕迹，仿佛他从来没来过这个世界一样。哈塌坎里，呈波浪纹的细沙显得异常干净，一股小旋风夹带着草屑和几片干枯的柳叶沙沙地刮过……

纳　凉

　　盛夏。小村坐落在大河北岸的一幢幢草覆土坯的小屋，笼罩在夕阳的余晖和潴暑未退的闷热之中。晚饭后，父亲便带着我去大河沙洲上纳凉。已是蚊子起群的时分，被称为小咬的蚊蠓像一团团黑色的烟雾，在人的面前飘来飘去地烦扰。

　　我们在村西"楸脐园"豁口处沿陡坡而下，便仿佛进入了一个圣洁的清新世界：碗口般粗细的柳林为人们撑起了一片绿云，脚下绿草茵茵，一条油油的软泥小路把我们引向了清清的水边。眼前是一片漫漫的浅水区域，水深及脚踝，涉水前行约50米，便到了高出水平面约二尺的被乡邻誉为"小台湾"的沙洲。沙洲的南面是水流湍急水深过膝的主河道。白天，清凌凌的水底，鹅卵石闪着五彩的光波，夜晚，有鱼儿跃出水面扑棱一声，打破那夜的寂静……沙洲上的细沙柔软、干燥而洁净。我和父亲及陆续赶来的乡邻，选好位置把带来的蓑衣铺好，躺了下去，惬意极了，凉风习习，天空深邃而缀满星星，两岸黑黝黝的树林和沂蒙山的山影连成一片，显得是那样的神秘莫测。三两流萤在暗影里缓缓移动，拉着一条条短短的线状白光。

　　老人们开始讲狼的故事，声音在这寂静的夜里传得很远。有意思的是几乎所有的故事都与我们身边的大河有关。老人们讲得有名有姓、绘声绘色，仿佛使人身临其境一般。当年孟町某某在石埠子染坊当大师傅，一天收工后想回趟家，幸亏有工友提醒他顺手带了根染布用的蜡杆子，因为他一过南崖头就遇到了一只狼。狼一路跟踪到了我村东约二里处大河北岸，在一片尚属开阔的花生地里展开了一场人狼大战：狼缠着人不让人走，人打狼又怎么也打不到，从当晚直打到三星看齐，人筋疲力尽，狼气喘吁吁。最终人心生一计，装死躺下，把手中蜡杆紧紧抓住靠在身边。狼生性多疑，便围着人一圈一圈地转，圈越转越小，当人瞅着到了有效距离，便猛地坐起，将手中蜡杆只一抡……只听得那狼一声惨叫，原地蹦起老高！人什么也顾不得了，爬起来就跑……

　　第二天带人来看时，只见那狼两只前腿被打断，痛苦的狼用嘴在沙地上挖了一个坑，头插在坑里死了。另有老伯接上说荆埠子河口一木匠与狼打斗的故事，只是人中了狼的圈套，把手中的锛砍进了山楂树枝里拔不出来，人成了狼的大餐。又有人说起东岭上某人家孩子被狼叼走的故事……这些故事听得叫人毛骨悚然！我打了个冷战，一股凉气沿脊柱直冲头顶！蓑衣呈扇形，父亲总是沿边缘弯曲着身子，我总是在较厚实的中心部位，于是我便紧紧地依偎在父亲的胸口——这是我的避风港，我幸福的港湾！

快乐与幸福感总是那样的短暂。我常会在甜梦中被父亲摇醒，因为下半夜要落露水了，乡邻们也三三两两没精打采地回了。我睡意尚浓，被父亲拉着稀里糊涂地涉水来到了岸上。父亲跶拉起他的旧鞋子，两手倒背在身后，一边还挟着卷起的蓑衣。我依旧打着赤脚，懵里懵懂地拽着父亲的衣角，伴随着父亲"踢踏、踢踏"的脚步声，深一脚浅一脚地前行。我的腿抬得老高，很使人想起水边的鹭鸶，因为我怕村头道路上竖立在车辙沟旁卷边的泥土碰伤我的脚趾……

良久，我感到了一阵温热，闻到了一股熏蚊艾草浓烈的烟味……继而我听到了母亲慵弱的声音："回来了"？我猛然醒悟到已经到家了。于是大声说："啊！娘，我回来了。"

好　酒

面前一杯酒，晶莹剔透，有点满。我伏下身嘬了一口，"嗯，好酒！"惹得外甥们笑了，"我舅噢，真有意思。"其实我说的是真话，对于我这个一辈子不辨酒色和酒的优劣的人来说，像是突然开了窍，猛然间尝出了这酒那绵绵厚厚浓醇的酒香——这可是1983年的茅台酒噢！说来也怪，半个多月前是我打开的这瓶酒，也喝了一杯，可并没有尝出和其他酒有什么异样和区别：一样的冲脑子，一样的辣滋滋。

那是我疝气手术康复后第一次来看望姐姐、姐夫。他家中还有一位客人，是姐夫妹妹的儿子德祥，他是来看望他舅舅和舅妈的。菜肴上桌，姐姐拿出来一瓶茅台，我赶紧上前阻拦，"就我和德祥，外甥也不是外人，咱们就喝点一般的酒水，这酒等他们弟兄们来时一起喝。"姐姐有些迟疑，我便催着她一起走进储藏间。打开橱柜，里面果然有几瓶好酒。姐姐说："这酒多咪，就喝这个吧。""不不不，你找找，再找找。"姐姐在橱柜里面翻出了一个旧瓶的酒：棕色的瓷瓶，没有外包装，瓶盖也土里吧唧的。我接过酒瓶，粗略地看了一下，瓶体上印有白线条斜斜旳长框，内有"酱香型"字样，底边横框里有"茅台"二字。我便说："就是它了，这不也是茅台吗？"

二子来了，他单位里有事，听说我到他妈这边来，特地开车过来看看，马上就得回去。他张了一下酒桌，"舅舅，你知道你们喝的什么酒吗？这是三子珍藏的 1983 年的茅台，暂存我妈处，还没来得及取走呢！""嗯？"我愣了一下，"我们可是选了一瓶最丑的酒！你妈拿出精包装茅台我们还舍不得喝呢！""嘿！我的舅舅哎，我大哥拿来的那茅台，几箱子也抵不过这一瓶酒呀。""好咧，别来这一套！"我说，"酒就是喝的，考古队挖出来的千年窖藏酒得什么价格呢？我看有人敢喝就不错了。"二子媳妇是早早地就来帮着烧菜的，此刻刚坐下来，就说："我看舅舅说得对，酒不就是喝的吗？我也倒点来尝尝。"我嘴上是这么说，可心里还是明镜一般的不落忍；我怎么稀里糊涂把孩子珍藏的酒给打开了呢？喝这一杯就赶快打住，得给他们留着……

端午节我又到姐姐家，全家人都来会餐。见到老三，我就说："三子，舅舅把你珍藏的酒喝咧！""哎，你喝就对了，这瓶酒就得你来开。今晚我和你把它喝出来，我还没喝过呢。"这就是开宴后，三子给我和他各倒了一杯这宝贝酒，又给我姐倒了大半杯。其他弟兄几个兀自喝一种金色瓶装的什么酒，和我们一副井水不犯河水的样子。我说："你们也尝尝三子这酒哇？""不，舅舅，我们都喝过了。""我们真得感谢你，要不是你把酒瓶打开了，我们哪能尝得到呢？"二子话音刚落。"舅舅，"大四便抢着说："那天我和大龙（姐姐的大孙子）把分给我们杯中的酒喝了，又往杯子里倒了些凉开水，晃一晃，把洗杯子的水也喝了。"

当我杯中酒还有半杯的时候，我执意要他们再尝一尝，从老大开始，老二、老四依次类推。轮流传杯的结果很使人想起老电影《上甘岭》：在焦渴的坑道里，有人冒死送上来一只苹果，这苹果在所有战士手中传了一圈，最后竟完好无损。我的酒杯传到每个人手中，他们就是做做样子，充其量用舌头舔一舔。当酒杯最后传到我儿子鲁路手中时，他便"咕嘟"喝了一口，顿时多少责备的目光一齐投向了他，"嗬！鲁路，你可捞着了嗨……"其乐融融。好酒、孬酒，喝的就是这个气氛！

鲁路和他的"皮点"

"皮点"是只猫。一只长有杏黄色漂亮斑点的白色猫。鲁路升入高一时，向我提出了买猫的要求："爸，我太孤单了，我想养只小猫。"我愣了一下，实在无法拒绝于他，儿子从幼儿园到读完小学，一直都是在南京我姐身边，那里有他四个表哥为伴，平日里备受哥哥们的百般呵护。回到镇江户口所在地读中学纯属无奈，而落单的孤寂也如影随形。按说我理应多陪陪他，给予他多一些的关怀与温暖，可是我做不到。确实也力不从心。单位里那一摊子乱事自不必说，单就下班后照顾瘫痪的妻和一应家务就已经使我焦头烂额。何况还有一些社会活动与兼职，诸如晚上去艺校讲课云云。我硬着头皮答应了帮儿子养猫，实则心里已是叫苦不迭。

翌日周末，鲁路赶早就去了西门桥猫狗市场。大抵小贩瞅准了他对钟情的小猫势在必得，便以高于市场行情的七元钱价格卖给他。鲁路从市场回来，恰逢我妹也进城来了，便一齐凑上前看买来的小猫。"我的个老天爷呀！"我们几乎同时吃惊地张大了嘴巴，这也实在太小了喔！"噢，太可怜了，"小妹说，"这能养得活吗？"在一个纸质鞋盒里，一团子松软的棉絮中，有个眼睛都还没睁开，长有绒绒细毛肉肉的小家伙，像只爬行动物在里面爬动，这就是皮点。小妹叹息着摇了摇头，但还是说："去买奶瓶吧，用牛奶试着喂喂看。"

　　大概生命本身就是一种奇迹。皮点长成半大小猫时，就渐显其日臻完美。尽管人们对美的认知各有不同，然而美究其实质就是一种和谐，一种恰到好处。皮点仿佛天生就具备了这种潜质，那匀称得近乎无懈可击的体形和耐看俊秀的小脸，很使人联想起那种来自深山老林、闲云幽谷中野性美的仙风道骨……皮点贪玩，几近顽劣。幸好我的住房尚属宽敞，客厅较大，鲁路的房间通透而连着阳台，使皮点有了相对自由的空间。皮点很会玩，一个纸团，一截布条，它都能津津有味地玩上半天。鲁路弄来了个蹦蹦球，皮点如获至宝，从早到晚简直玩疯了。这种大于雀卵的蹦蹦球，弹性十足，稍加外力就可蹦得又高又远且能连续弹跳。机灵的皮点猫腰凝视着蹦蹦球，侧屈起小爪子猛地一击，伴随着球体的蹦出，皮点几乎同时弹起，"嗖"地一声跟着球飞落到客厅里，猝不及防，吓人一跳。随之便是扑球那一阵翻腾跳跃，实实令人眼花缭乱。过分的顽皮会惹来祸端：撞倒了脚凳、打碎了水杯、弄翻了花盆，小事故层出不穷。皮点怕我，知道我脾气不好，会打它，见了我总是小心翼翼地避让。其实我很少能打到它，这家伙太机灵了，一旦闯了祸，见势不妙，立马就躲到了卫生间浴缸底下。浴缸边的方洞，刚巧容它进出自如。随着皮点能耐见长，招惹的是非也随之升级。当年我家第一件上点档次的电器是"骆驼牌"落地电风扇。文汇报称"小骆驼走进了大上海"。品牌电扇在当年算得上是件时髦物品。那日皮点趁人不注意跳到我方桌上，偷窥主人吃的饭食。看到我来了慌忙纵身一跃逃窜，这一跳恰恰就碰到了电线上，带倒了运行中的小骆驼，"咔嚓嚓"网罩撞飞，裸露的三只叶片就刮着地砖"嗤啦嗤啦"地冒出火星……电风扇叶片的曲率度精确度要求极高，没人能修复，一接电就嘎嘎啦啦直摇晃，等于报了废。皮点知道祸闯得有点大，躲在浴缸底下两天一夜没敢出来，我却一直恨恨地想着得叫它长点记性。就在它出来找东西吃时，我用一块三角板堵住了浴缸洞口，关起卫生间的门来用扫帚打了它。

其实，我把控着分寸没有下狠手打它，也实在是有些不落忍。因为我心里一直觉得对它有些歉疚——皮点太苦了！自从它断奶能吃东西了，饭食便永远的是带鱼头煮烂加剩饭，从没变过花样，更糟的是我们从未给它洗过澡，为了怕有寄生虫或跳蚤，弄了个猫圈戴着。这个圈果然厉害，百虫不染，然而至今也不知此物对皮点肌体有无伤害，有无放射性云云。更为残忍的是，把它送人的念头时刻萦绕心头……我实在是太难了！倘若随便将它更换一家人家，皮点都是一只招人喜欢的好猫：机灵、聪明、长记性。自从碰坏了电扇，它果真收敛了许多，行为似乎也变得自觉了些。皮点吃得多，自然排泄物亦多，我们只需在阳台上放一盛有炭渣的旧面盆，它便在里面挖坑，排泄后再仔细掩埋。问题在于仅凭我们家烧的蜂窝煤炭渣供不上它的需求。更换不及时，皮点后来挖坑时，会把先前掩埋的污物挖了出来。空气中总是弥漫着时强时弱的腺臭气味……妻弟偕夫人来江南我家做客，被安排住鲁路房间，这位耿直的山东大汉进门就嚷："鲁路？还不把阳台上猫屎弄弄，还得把你舅臭煞！"为了储存备用的炭渣，天不亮我就和儿子提一竹筐去大街上捡。白天路边上那些卖馄饨的、卖鸭血粉丝汤的至晚收摊后，就把那燃尽了泛着白的蜂窝煤渣，整齐地码放在土炉旁。倘若我们去得晚了一步，就会被扫马路的清洁工清理走了……第一次把皮点送人是鲁路高二放暑假时。他去南艺参加暑期美术培训班前与他商定好的。要送给的人是我公司财务科的李会计师，小李是我从西北航空工业管理学院毕业生中指名招聘的技术人才。他家在西麓乡下，他爸我也认识，忠厚本分人家。我把皮点放在篮子里，上面盖一蓝条毛巾，它大概意识到是要送走它，显得躁动不安，刚到楼下它就在里面"刨哧刨哧"一阵阵急促地乱抓，叫声短促而凄厉！我的心一下子就软了，脑海里也曾闪过不把它送人的念头。我把送它的过程告诉妻，妻顿时就流了泪，"你还不把它再带回来。"气氛一下子变得有些伤感和凝重，我瘫坐在小板凳上，怅然若失……我想起了皮点的好。那日我也是这样瘫坐着，头靠着墙，双腿平伸出去，屁股在矮凳上向前哧溜呈半躺状态，两臂无力地搭在地板上，身心疲惫。那是下班回来，妻已大便在裤裆里，我得先给她洗擦更衣，把脏衣裤对着马桶冲刷个大概，再放洗衣粉泡起来，然后手忙脚乱地炒菜做饭，最后把脏衣裤再洗净晾晒出去……一番折腾人已筋疲力尽，情绪也低落到了极点。于是就那样半躺着闭起眼睛，任凭那种无助的、伤感的、自怨自艾悲悯情绪在脑海里蔓延……忽然我意识到皮点从墙边绕一条弧线悄悄走近我：喔，它开始舔我的手，舒服极了。皮点的舌头凉凉的、涩涩的、麻酥酥的，它轻轻地呱唧呱唧一下一下依次地舔着，那意思仿佛在说："你的辛苦我知道，可是有什么办法呢？你手疼吗？这样是不是好过一点？"它亲昵地舔遍了我的手背和手掌，给予了我心灵上莫大慰藉。在我情绪极其低落的狼狈时刻，一个常被我呵斥、打骂的小动物不计前嫌，以德报怨地给予了我它力所能及的关切与宽慰。相比之下，人却显得是那样的自私、武断和薄情。为一己之利在关键时刻竟轻而易举地对它选择放弃。

在皮点被送走后的第三天，我收到了儿子从南艺写来的信。

爸爸：现在正是深夜，我在给您写信。我又梦见我的小猫了，醒来一头大汗，再也睡不着了！我舍不得我的皮点，它太好玩了，总能逗着我玩，逗我开心。在我心情不好的时候，就呵斥它，甚至打它，但它一点也不记恨我，一会儿就跟我和好了。有时候我深感孤独，我真的离不开它，我的小皮点。

爸爸，我求求您了，再把皮点要回来吧！我知道这会使您很为难，可是，谁叫我是您的儿子。如果这家人家不太情愿的话，等我回来后，用我的零花钱再买一只送他们。爸爸，我一定好好利用这段时间学好素描和色彩，打好基础。老师还表扬了我，说我的素描画得挺好。就是打轮廓时画得太慢，不容易画准。

爸爸，相信我吧，我会努力的。回来后我会主动照顾好我的皮点，煮猫食、倒猫屎，打扫阳台卫生，减轻您的负担。最后，我盼望着您给我带来好消息！

此致

敬礼！

您的儿子臧鲁路

1993.7.15

皮点被送回的第二天，预先得到消息的鲁路就匆忙从南京赶回来看他的小猫。当他看到皮点脖子上明显的铁链勒痕，肩胛处还有一块被磨破的伤口时，那眼泪就吧嗒吧嗒地滴落了下来。当听说皮点被铁链拴着还逮了两只老鼠时，更是心疼得不行。他两手架着皮点前肢的腋窝，低头抖动着额头使劲拱着皮点的脑袋磨蹭着……

哦！我咧了咧嘴，眼睛顿时湿润起来。回头看妻，她已是泪眼婆娑。往后的一年，注定了是不平凡的一年，也是鲁路学习最为用功最为刻苦的一段岁月。皮点的善解人意令人吃惊，它仿佛一下子长大了一样。星期天，鲁路时常会约他们美术组的五六个同学来他房间里画人像素描，皮点就躲在阳台或床底下，从未做出任何干扰画画的事情。当鲁路高考前最后冲刺阶段，他就带着皮点关上房门复习功课。我们在客厅或什么地方也是蹑手蹑脚，一副大气都不敢出的样子。门里门外，整个家庭都呈现出一种紧张而温馨的静寂。最终鲁路以优异成绩考取了南艺，"陪公子读书"的皮点也完成了它颇有些光彩的陪读使命。

鲁路将再度迁往南京，他必须在赴南京前妥善安顿好皮点。我绝无继续养猫的可能，看似有些残忍，但却是逼出来的理智，就说当年我周末搭乘长途公交车去丹徒县艺校授四个课时的素描一事，那可是为一群来自农村的孩子讲课，他们正试图通过艺考最终进入高校以改变自己的命运。我作为他们唯一的素描教师，责任重大。我必须尽心尽力且风雨无阻。另外，为科技出版社创作连环画的事宜也提到了议事日程上，也丝毫马虎不得。为便于联系，公司为我配备了像半块砖头样的大哥大移动电话。鲁路托养皮点的事，他的首选是丹徒高桥，高桥是长江中的洲渚，四面环水，也是我妹婆家所在地。洲上水渠纵横，稻田、屋宇、茅舍，绿树掩映，景色旖旎。鲁路抱着皮点跟随他小姑到高桥后，放开皮点，让它去熟悉环境。前后大约 15 分钟，皮点从水渠那边回来了，叼着一条活蹦乱跳的大鱼，尽管那鱼甩动的鱼尾扑嗒扑嗒地拍打，皮点依然咬紧鱼脊，连拖带拽地把鱼弄了回来。这是一条花鲢，重 3 斤 7 两，于是待客的桌上便多了一道红烧鲜鱼的美味。傍晚，鲁路从高桥归来，怀里依旧抱着他的皮点。我笑了，"怎么？逮了鱼立了功，就又舍不得了？""不，爸，"鲁路一本正经地说，"你不知道，高桥的狗太多了，小姑邻居家的那条狗，特别地凶！"最终鲁路把他的猫送到了市郊缪家甸他印伯家。老印在新华书店工作期间，和我单位相邻，两人相交甚笃，成了朋友。1976 年唐山大地震后，镇江防震形势严峻，老印主动热情提出为回避地震风险，把鲁路带到乡下去，就这样鲁路在他家代养到四岁。大抵四岁的孩童已有些模糊记忆，更重要的是这位印兄特注重也很计较对别人的恩施与情谊，所以多少年来鲁路的寒暑假、节假日大都要在他家度过。这样一来，倒是熟门熟路，把皮点送他家似乎很是有些顺理成章。缪家甸地处宁镇山脉东端，冈峦起伏，水土深厚。稻田错落有致，绿竹冈丘拥翠，鹭鸟翻飞，风景宜人。皮点来乡下不久，便禁不住青山绿水的诱惑，离家出走，回归了大自然。偶尔也有村民说看到皮点与几只野猫在一起，也有人说皮点已经长成一只大猫，足有七八斤重了。渐渐地皮点淡出了人们的视野，随着时间的流逝而逐渐为人们所遗忘……

　　1996年深秋，鲁路到他印伯家做客。吃罢晚饭，众人仍坐在矮脚凳上，拼桌说着闲话。突然一团白色大物倏忽间飘了进来，落在了鲁路脚边，像一团白色的云。鲁路大惊，定睛看时，是一只大猫。哦，皮点！此时的皮点已是长毛飘飘，成了体重约九斤以上的大块头了。只见它身上那杏黄色斑纹变浅变淡，隐约可见依稀印痕，毛色几近全白。鲁路伸手抚摸它，皮点竟乖乖地眯起眼睛伏在鲁路脚边打起了呼噜，似乎在领略和追忆那份久违了的爱抚……俄尔，皮点猛然立起，神情惊恐，它竖起耳朵，仿佛是听到了原野上的厮杀声，或是一猛兽踩着落叶逐渐逼近的唰唰声……一会儿皮点恢复了平静，似乎那危险已经解除，那兽亦渐行渐远……皮点开始撒娇，把额头顶到鲁路裤腿上，磨来蹭去，"喵喵喵喵"地叫着，声音里充盈着辛酸的幽怨，那意思仿佛在说，"这些年你哪去了呀？把我丢在这里，这么久也不来看我……"。娇嗔戛然而止，皮点站起，像是想起了什么。从开始进来到站起前后不过 5 分钟光景，皮点便纵身一跃，"嗖"地一下跳出了房门，再噌地一扑，白光一闪，消失在茫茫夜色之中……

河畔牧歌

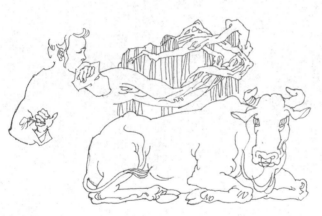

林中趣

　　"牧童与牛"自古以来就是画家们青睐和广为涉猎的绘画题材之一。大都是画牧童骑在牛背上，背景或烟峦、古柳、暮鸦；或桃花、流水、人家。画面可繁可简，既可用笔工整，画得惟妙惟肖；亦可挥毫泼墨，以神取意。我亦曾画过以赠友，或"闲书挂角牧归晚"，或"叶笛无调徐徐吹"，或扎堆儿地去画"牧童遥指杏花村"。李可染老先生画三几只水牛卧水塘中，露出水面的牛背上趴着两三小牧童在嬉戏玩耍，把这类题材的画发挥到了极致。

　　其实真正的骑牛并不那么浪漫。牛在迈步行进中，和其他牲畜一样，胯骨的错动会硌得人屁股生痛。这就是骑马须备马鞍，就连《红高粱》中九儿骑驴向远方，驴背上也总是搭一条折叠的兰花被子的缘故。牛尾巴的重要功能，是驱赶牛牤和蚊蝇。所以它并不顾及你垂在它肚腹上柔嫩的小腿。甩来甩去的牛尾抽在小腿上自是火辣辣地痛，且不说不经意间那尾毛上还会沾染着滴滴啦啦牛稀屎。我放牧而不骑牛，也未曾见小伙伴们骑过。可是童年那段放牧岁月，却是快乐而惬意的，是铭刻在我记忆中让人眷恋一生的美好时光！

1949 年春父亲与人合伙买牛，我便成了放牛娃。一起放牧的伙伴是友爷和宽叔。友爷辈分最高，年龄最小，黧黑柔亮的肌肤，除却浑圆的肚皮鼓鼓地前突外，处处都显得短小。他头上顶着一顶周边破损的斗笠，敞着怀，赤着脚，脏兮兮的小褂习惯于斜斜地翻落在颈项后，祖露着一边柔嫩的肩膀。宽叔长我三岁，细细高高黄面皮，有模有样的清爽。他斗笠的六只角用剪成花瓣式的蚕茧皮包了，颏下的系绳是用凉森森的碧绿玻璃珠穿成的。短脚裤下是长长的小腿，两前脚掌略宽，拇指和其他四指自然岔煞开，踩下去像趴在地上一样，孔武有力！宽叔是我们的主心骨、指挥官。

放牧的地点选在西河崖。一个得天独厚理想的放牧去处。沿村西大河边溯流而上，是一片由碗口粗柳树林带的茂密枝叶撑起大片绿色云天。林带宽约 75 米，绵延长达三华里，是大河两岸罕见的巍巍壮观的绿色长廊。柳林内，柔枝袅娜，绿草如茵，风儿吹过，鲜绿的草叶如绸缎般柔柔嫩嫩闪动着传向远方，如同水中的涟漪。林带内侧河床上是大片金色沙滩，外侧是一道自然形成的高约 1.5 米的土坡，恰到好处地构成一道天然屏障。我们只需把牛缰绳绕在牛角上打结系牢，便可把牛儿赶入柳林，任其自由自在地在林地中吃草。我们也就可以尽情在柳林中追逐嬉戏，只需适时爬上土坡，沿坡上小路巡视一番即可。坡上是一片平整的约20米宽的肥沃菜地，叫二道台子河套地。再向外又是一道约一人高的不甚规则的土坡。爬上这道土坡，展现在眼前的才是我家乡一望无际的原野。

柳林是鸟儿的天堂。成群结队的鸟儿在林间飞舞。倘若我们一时兴起，向临近沙滩的细柳丛中投掷一土块，便"轰"地一声腾起一群灰绿色小鸟，像刮过的一股旋风。鸟儿种类繁多，我们大都不识。除了像柳莺，杜鹃、布谷鸟、灰喜鹊、斑鸠等常见的鸟类，还有以当地方言命名的如"叽叽狗子""约约头子""大眼贼""山草鸡""沙溜子"等，更多的鸟是叫不出什么名号的。近几年春夏之交，我在南京浦口江边和紫金山东麓，又听到了当年放牧时在柳林听惯了的一种不知名的鸟的叫声，"咕咕、咕——，咕咕、咕——"，音域宽厚、悠长且带有浓重喉音。半个多世纪前的一种久违了的鸟鸣让我感动不已，使我倍感亲切！在柳林诸多鸟类中，最受我们青睐的叫"雀红莲"和"雀白莲"，它们应该属绶带鸟的范畴。这种鸟在柳林中蹿来蹿去，款款地飞，身后的两条长尾颤颤悠悠，闪闪烁烁，十分迷人。我更喜欢雀白莲，白得纯净耀眼，优雅雍容而显华贵。友爷喜欢浑身艳红的雀红莲，每每看到便高兴得手舞足蹈，"新媳妇来了，新媳妇来了！"宽叔用食指压着嘴唇，"嘘——"，示意不要出声；太美了！在绿色光影映衬下，美得让人窒息，像一片迷离的梦境……

柳林也是各类昆虫繁衍生息的聚集地。林中草地里最具特色的当属油蚂蚱，体态匀称呈草绿色，比一般蚂蚱小一号。大概因个头小，人们普遍不屑将其作为食材。这样，除了鸟类，很少有其他天敌。走在柳林中草地上，每一迈步，都会惊起这些小东西多开嫩黄的内翅，扑棱棱乱飞。其实，中秋时节，养得肥肥的油蚂蚱肚满子实，捉来用热水烫过，沥干，油炸，飘香四溢，实在是一种不可多得的纯天然美味佳肴。当然，我们通常是不屑去捉这种小蚂蚱的，连同那身体扁长的蚱蜢。唯林地中因块头大而被捉的，是堪称蚂蚱之王的"蹬倒山"。这家伙足有我们的手掌一般长，翠绿色，皮质粗糙坚硬如盔甲，两条壮硕的大腿连同长满棘刺的干硬小腿，支棱在身躯两侧，护卫着翅翼下易受攻击的软肋肚腹。"蹬倒山"，顾名思义，是说它的后腿厉害，蹬力十足！它可以在毫无征兆的情况下，瞬间"嘣"地一下弹出去，以迅雷不及掩耳之势，给妄图攻击它的生物以致命一击！被俘后用细线拴着的"蹬倒山"，顿失野性风采。不飞不跳，连友爷用草梗挑逗也无动于衷，偶尔弹一下后腿表示抗议。友爷把肥嫩的草芽放在它嘴下，它也不咬，甚至嘴里还淌出些酱色的水。至傍晚，"蹬倒山"竟僵直地侧躺着不动了，只有前小腿在微微痉挛，已呈濒临死亡状态。这令友爷黯然神伤。"蚂蚱还能养活嘛？哎！"宽叔安慰他说，"养个蝈蝈吧，过两天我给你扎个蝈蝈笼子。"听此话友爷破涕为笑！

　　此后的两天，他像注射了鸡血一样亢奋，讪讪地探听宽叔的计划安排。盘算着怎样养好蝈蝈，一会儿想要把蝈蝈笼系在腰带上，一会儿又想还是系在牛角上稳妥。继而又想象着坐在柳荫里打个盹儿，遥听蝈蝈叫声，就知道牛大概在什么方位……扎蝈蝈笼是个细活。先得用高粱秆剥成的篾片，编织成两片等大的方形疏孔小席。两席片相对使四边篾头相交叉依次理顺，将每张席片交叉后的篾头按一定弧度扎成四只角，另席片四只角呈反方向弧度扎起，一个有着八只角中部弧形鼓起的简易蝈蝈笼子就算扎成了。宽叔带来了几节青着皮的高粱秆，这天注定是个不寻常的日子。牛被赶下柳林后，我们便聚在坡上的一大片柳荫下看宽叔用小刀剥高粱篾片。宽叔果然出手不凡，那篾片剥得薄薄的均匀而整齐。宽叔也有些得意，他把剥过篾片的高粱秆芯截取了一段，在其中间部位横挖出一圆洞，松松垮垮地套在一根细木棍上，起身到坡边老榆树干上捉来一只金龟子；那里树皮皴裂有疤痕处趴着一溜儿的金龟子，正翘着屁股吸食缝隙中分泌出的红色汁液。宽叔把一薄篾片削尖插入金龟子后颈下硬壳缝里，另一端插入高粱秆芯的一头，金龟子便带动着高粱秆芯绕着木棍嗡嗡地飞。友爷举着小木棍，高兴得一跳一跳的，"推磨唠，推磨唠！"宽叔笑了，"给你个双推磨。"于是又捉一只金龟子插进另外一头，两个金龟子，飞旋成一个模糊的圆……

烈日当空，裸露出的肌肤火辣辣的灼痛。我站在田野上一大片豆地里，奉宽叔之命翻越堤坡来捉大肚蝈蝈。豆地那边的玉米地，像行道树样郁郁葱葱如同绿色屏障。地面连接着大片爬满藤蔓和长满乌油油叶子的红薯地，再远处是墨松林。原野上空寂无人，心里就毛毛的，陡然升起了一种虚虚空空的惶恐感觉。空灵中豆田里蝈蝈叫声此起彼伏，伴随阵阵小风飘忽不定。我侧耳倾听，仔细判断着距离最近的蝈蝈叫声，遂悄然潜行，向目标靠近。蝈蝈非常警觉，稍有风吹草动那叫声便戛然而止。我知道这是一场斗智斗勇的较量；我必须要有充分耐心，等待它重新鸣叫。就这样，蹑手蹑脚，走走停停，终于接近了目标。我看到它了！它趴在一片上有枝叶摇曳的光影斑驳的豆叶上，浑身碧绿青葱，短翅正一颤一颤叫得正欢呢。这正是我心仪的蝈蝈儿，倘若蝈蝈儿的绿色变淡，面色泛白，鞘翅上的纹理呈现出了一些暖色，没准这蝈蝈儿就已经有些老了。嫩蝈蝈儿才能养得长久。我屏住呼吸，探身屈起双手像捧东西那样从两边猛地一捂！可谓千钧一发，稍有不慎，蝈蝈儿就先行跳落，随即在地上快速连续地做之字形跳跃，在豆的落叶中"唰啦、唰啦"逃之夭夭。我成功了！心中一阵狂喜。被捂在双手中间的蝈蝈，虽掺杂着豆叶，仍感觉到它的大肚皮在惊恐中急剧地大幅度起伏颤动。

乐极生悲！友爷只顾看扎蝈蝈笼子，忘了看管牛群的职责，他家的牛从土坡豁口处爬上了二道台子河套地，吃了人家13棵玉米苗，闯了祸。我回去时，友爷还在哭泣，脏兮兮的手背重复擦出脸上凌乱的灰道道。宽叔双手叉腰，气咻咻地，"牛要是不听话，就得惩罚！要叫它知道，是它厉害还是我们厉害。"惩罚就在土坡下一棵柳树上实施；友爷拉紧牛缰绳使牛鼻子、牛头紧贴树干，再将缰绳缠绕在树上，牛头便没了活动的余地。这时我才发现友爷家这牛竟是如此丑陋；黄毛稀疏，牛皮粗糙，髋骨处露着一大块泛着白的鱼鳞状癞牛皮；牛角尖端长成两个圆溜溜的疙瘩；被掰歪的嘴泛着白沫，滴滴啦啦地垂着黏液。友爷手持木棍，铆足了劲"梆梆"地打在牛角上，那牛头歪歪地翻着白眼受罪，肮脏的屁股在有限的范围内扭来扭去，屎尿淋漓……我突然便动了恻隐之心，望了望宽叔，"行了吧？"宽叔抿着嘴唇点了点头。

蝈蝈是养不成了。气愤中的宽叔已把即将扎好的蝈蝈笼踩扁了！我思索了一会儿，便悄悄来到堤坡边一丛刺槐处把蝈蝈放生；伸开轻轻拢着豆叶的手指，打开松松裹着的豆叶，蝈蝈儿"蹦"地一下跳出，落到了草上，旋即连跳带蹦地爬进了草丛。我的心顿觉轻松，一种释然、娱乐之情在心底荡漾。

一只叫"撒拉斗"的土灰色蚂蚱展开桃红色漂亮内翅从脚边飞起，在一米多高的空中，仿佛做一种悬浮飘移游戏，像冲浪一样，伴随着"撒拉、撒拉"的声响，向前一蹿一蹿地，尽显其自由、潇洒着的艳丽。

歇晌

　　放牧早出晚归。正午的阳光火辣辣的，空气中仿佛弥漫着一股游动的燥热。旷野格外静寂，寥无人踪。在离村约有两里地的柳林中，是到了让牛儿扎堆集中歇晌的时候了。

　　友爷家的牛前行进度最快，这儿啃几棵，那边叼几缕，有一种对肥美水草肆无忌惮地作践的意味。我家的牛叫"花少"，是条黑白相间的半大公牛。两只匀称的牛角向前弯曲，看上去还算漂亮。只是有一种不谙世事的好奇；湿草里爬行的蛤蟆，旱地里鼹鼠拱起的土垄，甚至连沙地边缘洞穴里爬出来的刺猬，它都想一探究竟；从它猛地向斜刺里跳开，打着喷嚏激烈摆头的反应，应该是吃了亏的！宽叔家的牛，是体型庞大的犍牛。毛色锃亮，两只宽平的大角透着泛红的光泽向后弯曲。我和友爷都有些惧怕这个土坦克般的庞然大物。这家伙貌似沉稳，曾突然发飙，直立起来，把猝不及防的我们压在它肚腹之下，差点儿把人踩伤！宽叔手中永远握着一根剥了皮的柳木棍，时时晃动着起着震慑作用。大犍牛最大的优点是肯吃草，一片一片挨着吃，像用镰刀割过一样。晌午拴牛的地点，树木的高度、间距以及预留缰绳的长短，宽叔都认真考量与检查。比如缰绳预留太短，牛便不能取卧姿以反刍，太长则易拖地绊住牛腿，甚至使其致伤。

我们的午休地选择在柳林边缘，沙地上的一棵树干呈拱形悬垂的大柳树下。大树盘根错节，有棕色毛茸茸的根须外露，枝叶繁茂。风从大河那边吹来，长叶飘飘，柔和的绿光从枝叶间洒下，在结着一层硬壳纯净的沙地上，投下大片的迷蒙荫凉。三几只蓝色背脊的小苍蝇，围着人嗡嗡营营地飞，在阵风吹拂下，飘忽不定地嗡飞到了这里，嗡落到了那里，不胜烦扰。友爷贪睡，常常是枕着半边斗笠倒头就睡了。他睡得太香了，嘴角歪歪地撇着，黏黏的口水呈线状地连着地面逐渐洇化的濡湿。我躺下后，渐渐会进入一种懵懵懂懂似睡非睡的状态，慢慢地像是浑身散了架般的没了力气，连小苍蝇骚扰也无力抬起手臂驱赶了。蒙眬中还依稀听到不远处水塘边芦苇丛中传来苇莺欢快的叫声。宽叔总是展平他的披布，仰面躺下，双手交叉着垫在后脑勺上，跷起二郎腿悠悠地摆动。他很少沉沉地睡去，充其量眯瞪一袋烟工夫，大概总在谋划我们的行动安排。他不会让我们睡得太久，游玩是歇晌的第一要务。

友爷总是最后被唤醒的，半边脸上还印着斗笠纹理的印痕，泛着片片红晕，怯怯地笑笑，好像有些难为情的样子。我眯起眼睛，眺望远处那袅袅颤动着轻烟似的水汽，大河对岸的林带呈现出灰蒙蒙模糊的绿褐色。清凌凌的河水傍着对岸哗哗啦啦流过。实在无法抵御那清澈河水的诱惑！我知道宽叔决心已定，像事前做着起跑、冲刺的思想准备。

　　正是炎炎烈日暴晒的时刻，有点闷，金色沙滩灼热着反射出耀眼的光芒。150米热浪滚滚的沙滩之路，其间要经过至少三道间杂着大小鹅卵石、砾石的沙岗，和一片细草稀疏湿热蒸腾的淤积泥滩。在泥滩那边的砾石沙带上，我们曾经捡到过四只小沙鹬的蛋。小沙鹬老家人叫"沙溜子"，这种比麻雀还要精致些的小鸟跑得极快；触地即跑，跑动中起飞，以至于从来没有人能看清楚它的腿，能看到的永远是它腹下双腿快速摆动形成的扇形的面。小沙鹬喜欢在水边潮湿的沙地上，边跑边向左右两侧啄食着什么，尾羽也是不停地一翘一翘，是个不知疲倦、永不安宁的小家伙。它的蛋和麻雀蛋差不多，产在沙石间浅浅凹陷处，蛋壳上黑褐色斑纹与周围砾石极其相似，以至于从这里摆动着身躯快速奔跑的蜥蜴都发现不了这顿美味大餐。

　　洗澡水域紧傍芳草萋萋的河岸，水深及腰，水流湍急。水底鹅卵石五光十色，格外鲜艳与纯净。水清澈极了，我们潜入水中有意睁大眼睛，看太阳光透过水层，在水底漂亮的鹅卵石上颤颤巍巍波动着忽闪。我们玩水通常得避开激流，在水流回旋着的水域扑腾。大抵是实践出真知，我们基本上是无师自通地做狗刨式游泳；两手扒水，两脚轮流露出水面"扑腾腾、扑腾腾"有节奏地打水。折腾够了就打水仗，按不成文的规定，我和友爷一方，对宽叔一人。除了用手拨水，最有效的方法就是右手的四指并拢，拇指岔开，立掌沿水面猛地一推，让推起的水柱击溅对方。我们总处下风，只要宽叔向友爷推两把，友爷便放弃反击，双手抹弄着脸上的水，"不玩了，不玩了，我投降了还不行？"总之，可玩的水面太小了，深度也不够，很难展现大河边长大的孩子天然水性。我们都会踩水，在大片的深水中，我们会手脚并用，摇头晃脑地袒露出单边的小肩膀一摇一晃地踩水前行。宽叔水性好，可以伸展两臂交替划水，游得很快。后来我才明白，这应该属于自由泳的范畴。

家乡流传着一种水中绝技，叫"打鸭子呱"，只有极少数人深谙此技。这种游泳的绝妙之处，在于双手倒背在身后且轻轻相握，人的胸腹部压向水面，只用两腿垂于水中蹬水，使身躯摇摆晃悠着像鸭子一样犁开水面前行……我们在水中玩累了，就到浅水区仰面躺着呈休息状态。这里细沙柔柔，水深刚刚漫过肚腹，只露脸面在外面，其余全身都会浸在水中。心身松弛，眼睛半眯，一动不动，舒服极了。

> 赤裸裸躺在家乡的小溪，
> 任身心沉浸在蓝蓝的清冽里。
> 垂柳探身抚慰水面的涟漪，
> 歺条鱼滑过肌肤向远方游弋。
> 什么也别想，什么都不思；
> 任蓝天格外高远，任洁白云朵，
> 似奔马，似游龙，
> 幻化出多少感人故事。
> 肩背下的沙悄悄流空了，
> 留一个半月形的坑，将人猛地向上一移……

对水的依恋，浸入水中的舒适，使我们忘记了世间一切烦恼，也任时间从我们身边悄悄流逝。在水中浸泡的时间太长了，两手已泡得泛白，从手掌心到指头肚起了一条条纵向皱纹。已无话可说，大家面面相觑。宽叔手臂向下一挥，"嗨！"我们似乎悟到了什么，便呼呼啦啦出水，蹬上裤子，把小褂往肩上一甩，撒腿就往回跑。下午的时间端的所剩不多了，太阳西斜，几片黑云镶着金边横亘在摘月山顶上空。我们顾不了许多，各自快速解开牛缰绳，匆匆忙忙把牛牵到自认为是水草最丰盛的地方去……

夕阳衔山，暮色微苍，牛儿哞哞长叫，我们或牵或赶，顺横路过堤坡沿原野大道鱼贯而行。及至村头水塘边，打麦场上草垛旁，遇上了遮天蔽日、漫天飞舞的蜻蜓。蜻蜓落在牛背上、牛角上，落在我们的斗笠甚至肩头上。蜻蜓全身，无论是爪翅还是皮壳都给人以糙糙的感觉，有些像干树枝一样地戳人，可我还是希望有只来落在我裸露的肩头。友爷顾不了许多，只管高兴得哇哇大叫！

半拉井

　　水是生命之源。傍水而居的大河岸边长大的孩子，对水自有一种特殊的情愫。连做放牛娃的日子想来亦算是傍水而牧。

　　早出晚归的放牧，中饭自是不可或缺。尽管我们吃这种自带干粮叫"垫巴垫巴"，垫巴就是吃啊。干粮自是庄户人家饭食：煎饼、饼子、窝窝头。宽叔带的煎饼里时常有包了菜缨子（即菜的新旧叶片一起取下来的总称）做的小豆腐，大抵是加了点荤油和葱花放锅里炒了，均匀地摊到煎饼上，折得方方整整还烙上了一层焦黄的嘎渣。那香味足以让我和友爷背过身去悄悄咽口水。小豆腐是老家的家常菜且百吃而不厌；把泡涨的黄豆仔细磨过，和着洗净剁碎的菜缨子一起煮，豆的浓浓浆汁在锅里"咕嘟咕嘟"地沸腾，菜缨的屑、豆的碎渣便翻滚融和如泛着白的浓粥，加少许盐，即成微咸着的清香小豆腐。菜缨子以萝卜和辣菜疙瘩（大头菜）的为佳。辣菜属小品种菜，种得少。收获的季节，拔了萝卜，割下整束的缨子备做小豆腐食材。圆溜溜的大青皮萝卜则窖藏以备冬天食用。隆冬季节，三姐便和我到园子里，刨开冻土，扒拉出由父亲窖藏的三几个大萝卜。这种深土里埋藏的萝卜新鲜着呢！在割过叶缨的粗粝青皮根部，竟会生出几根弯曲的鹅黄色嫩芽；像鼠尾样的萝卜根须上也滋生出白色茸茸的丝丝拉拉絮状物。萝卜大都切片炒着吃。当然也可以刨丝切碎做小豆腐吃，但终究有股皮萝卜气味，与菜缨子小豆腐不可同日而语。

像宽叔家这种精心加工的干粮，我基本上不抱什么希望。可是在带小咸菜方面我就多了些挑剔与考究。而备份可口的小咸菜也非易事！我家的咸菜缸是叫作瓮头的厚重形大而稍矮的缸，里面形形色色杂七杂八地腌着半缸不同种类的咸菜。边吃边腌的滚动式腌菜法，致使缸底积淀了一层岁月久远的黑色咸泥。水面上滋生出一层泛着气泡的黏性白沫，里面蠕动着长有针状长尾的蛆虫。我全然不顾缸里散发着酸腐咸臭的气味，用木铲翻弄着寻觅我心仪小咸菜。腌黄瓜要挑小小嫩嫩长着毛刺的；腌白菜要选叶片青青，菜帮薄而小的；青辣椒要挑鲜嫩肉厚且腌得起了皱皮的那种，用清水洗净，咬一口，那青滋滋的鲜辣味足以让你回味无穷……

吃罢干粮和小咸菜，吮一吮手指上的渣汁就想要喝水了。喝的是柳林边半拉井里的水。半拉井是紧傍着堤坡开挖的一个个浇菜用的土井，呈半圆形，通常坡上对应着提水用的井架，终因离村太远而多半闲置或弃用。柳林里地下水位高，半拉井碧清的水总是溢满着，伸手可及，似有"林荫芳草小池塘"的意趣。其实，喝半拉井水亦实属无奈之举。我们心里明白，最好是喝流动的河水。上学后才明白这叫"流水不腐"。要说文雅一点的喝法，就是在流水边洁净潮湿的沙地上，用手扒一个坑，坑中很快就会渗满了水。待雾状沙尘沉淀之后，便可以用双手捧起清凌凌的水来喝，珠露涟涟，甜丝丝的。喝毕，打一个嗝，用湿漉漉的手抹两把脸，自是心满意足。

　　渠河两岸的村落人家，大都有担河水喝的习惯。"大河有灵性，碧水傍村流。"渠河从沂蒙山中奔涌而来，出沂水，直冲荆埠子壁立山崖，在陡峭的崖下形成了一个深不见底、碧波荡漾的淹子。淹子流出的水傍着南岸的徐家庄，东、西两朱堡一溜儿村落东流。流水岸边郁郁葱葱，绿的柳，青的杨，火红的山楂，自是一片赏心悦目的旖旎风光。被潺潺流水舍弃的北岸，则是一片荒芜。沿荆埠子河岸向东一路沙丘荒野，越过县界（安丘与诸城）后，与我村柳林长廊相衔接。蛮荒一路，杳无人烟。宽阔的沙滩更是阻断了我们喝河水的欲望！其实，河水流过南岸村落之后便转向北流，哗哗啦啦直奔我们村庄，在村前形成了一片水深过膝的漾漾水面。那里岸柳垂拂，微风起

097

处，吹皱片片涟漪。可水流过村庄之后又折转东南，一路欢歌向着南岸的杨、刘两个夏庄奔流而去……就这样，渠河的主流水道在宽阔的河床上做之字形的蜿蜒流淌，像精准扶贫样为大河两岸的村落提供了充盈的水源。黎明，河面上蒸腾起乳白色水雾，掩没了小桥，弥漫了沙滩，遮断了秋林。浓雾中两岸村落鸡鸣狗吠，人语依依。担杖水桶吱吱作响，人们担回了一桶桶清冽甘甜的河水，也担回了大河的那份沁人心脾的清凉。

半拉井的水也是瓦凉瓦凉的。傍着堤坡通常7至9平方米水面的半拉井，清澈见底。沉落在水底枝枝丫丫的枯树枝，黝黝滑腻腻地沾染着苔藻和尘埃；屈指可数的蜗牛散落水底，在淤泥上留下了清晰可辨地爬行轨迹。水太清了，近两米深的水底之物仿佛伸手可及。围在半拉井边茂盛的青草和灌木丛下，被波动的水流掏空，形成了凹陷着的哈塌坎。从哈塌坎里长出的棕褐色柳树根，像狼尾巴一样毛茸茸的，夹杂着鲜红和嫩白的根芽。一些乱蓬蓬的半枯褐色草根垂挂在哈塌坎里，少量橘黄色树根增添了些许亮色和生机。我们喜欢半拉井。友爷好奇，捡来一根长树枝向哈塌坎里捅；一只小螃蟹惊慌失措逃了出来，在水底愣了一下，又快速向远处的哈塌坎爬去；一条小狗鱼"哧溜"一下闪电般蹿出，搅起一缕泥雾，愣头愣脑停在水底，摇着小尾巴不知所措；一只飞蛾掉进水里，再也飞不起了，双翅平贴水面，颤颤地抖，旋转着划出一片扇形的涟漪……半拉井边，一条绿草掩映的软泥小路，与堤坡平行着穿行林中，把散落坡前的七八个半拉井息数串联起来。这些半拉井虽大相径庭，但依旧各有各的风貌。或宽或狭，或深或浅，或水岸舒缓，疏草离离，或傍古木，盘根错节。

半拉井，西河崖柳林的一道亮丽风景，可半拉井的水，却越来越让人感到不安！有的井里滋生出了云丝状绿苔，西河崖特有的背生五条金线的深绿色大青蛙，也来这里安了家。"咕呱呱、咕呱呱"，声音圆润、响亮且底气十足。乍暖还寒四月天，我们就见识过蛙儿们的恣意交媾：公蛙趴在母蛙背上，搂紧母蛙，两条后腿交替着用力蹬那些黏稠的透明胶状物，这实际上就是蛙们连接到水里的大片布满黑点的透明受精卵块。"呸！"宽叔见状啐了一口，"这些不要脸的！""不要脸，不要脸"，友爷悻悻地附和着。大家顿时就动了怒，抓起泥块投掷过去。蛙们闭上眼睛，终于熬不住，便双双潜入水中；两蛙后腿同节奏伸屈，潜泳动作十分协调。其实它们并没有潜到水底，而是在水下长三棱草的地方，由母蛙攀附着草茎，背负着情郎双双斜着身躯停歇在水中，躲避这不期而至的灾难。宽叔摇了摇头，"这井算是废了"。果然没几天，水中便滚动着一团团墨云般的蝌蚪。

宽叔决定另选择一两处半拉井作为饮用水水源地。在一处有条石驳岸的半拉井旁，暗红色的条石整齐地傍堤坡垒起，颇有气势。石缝里潮湿模糊的绿意间倒垂着疏落的小草。阳光透过柳林的空隙照到颤动着的水面上，反射出的影子像轻烟似的在我们腿上和脚下青草上忽闪。我们几乎同时看中了这块水源。宽叔正准备发话，伸出的手却突然僵住了。我们顺着他注视的方向看去，只见驳岸的石缝处露出了摆动着的蛇尾巴。蛇尾越露越长，随后竟像甩大鞭样大幅度甩动。蛇头露出来了，是和一只大老鼠厮咬在一起！整个过程是瞬间发生的，我们全都看呆了。这时候才想起来，不约而同地抓起泥巴去打。结果蛇"呱嗒"掉进了水里，一动不动；老鼠戗着毛像喝醉酒一样晕头转向地在石缝边转悠，最终踉踉跄跄钻回了石缝中。"蛇可怜噢，"宽叔说，"你看那头都叫老鼠咬扁了。"话音未落，那蛇开始摆动，随即快速蜿蜒地游走了。在井另一边坡角处倏然入水，一丛茂密的水草闪动了一下，便归于平静……当晚，父亲告诉我，说那是蛇吃老鼠。我有些讶异，老鼠蛮大的，一条约二尺长的蛇能吃得下？父亲说："吃得下，还是囫囵吞下去呢。"

　　隔日，半拉井里又发现了蚂蟥！在一个半拉井边缘，从水中露出的青草上，先是发现有小蜗牛攀附于茎叶，仔细观察又发现有葵花子壳状物粘连在叶片上，这就是蚂蟥！倘若你有耐心，就会发现这家伙是何等凶险；它团身掉入水中，立即就会把身体展开，拉得又细又长。像一条窄窄柔柔的细丝带飘飘悠悠波动前行。宽叔把一根细长树枝插入水中，待蚂蟥游来向上一挑，蚂蟥就伏在了树枝上。把捉到的蚂蟥放在太阳地里暴晒干透得硬邦邦的，像干皮条一样。宽叔用小刀把它裁为三段，放进一个盛有雨水的破瓦罐里。隔了两天我们去看时，瓦罐中竟然游动着三条小蚂蟥！这个实验让我们大惊失色。友爷呆呆想了一下，咧开嘴"哇"地哭了。他说他喝过这井里的水，担心把蚂蟥的卵喝下去，肚子里生出小蚂蟥……"没事，"宽叔说，"回家捣点蒜泥，加点冷水调得稀稀的喝了就没事了。""从今以后，"宽叔郑重宣布，"我们要轮流带大蒜头，或菜地里拔两棵蒜苗也行。确保咱们喝一口水，嚼一口蒜，我敢保证咱们不会生病。"宽叔的规定，大家执行得认真而坚决；我们每每双手捧起井水咕嘟一口喝了，必定拿起准备好的蒜瓣"嘎吱"一咬，再嚼碎下咽。我有时被辣得泪眼婆娑，友爷则是常常咧嘴咝咝吸气，小手摇动着对嘴呼扇……

夏末秋初，沂蒙山区山洪暴发。渠河水暴涨，柳林里水深过腰，浑黄湍急的河水打着漩涡向下游倾泻而去。发大水那天，我们依旧在柳林放牧。忽听到有类似飓风般"呜呜"的吼声……"什么声音？"令我们如此惊骇！三人面面相觑，正不知所措，忽然瞥见大河上游高于屋脊的洪峰，像高高长长的大堤坝奔突着向前碾压而来。我们刚刚吆牛逃出柳林，整个沙滩瞬间便被洪水吞没，水头在柳林里乱窜，水涨得很快，转瞬间柳林里一片汪洋。待洪水退去，柳林里已是一片狼藉；到处是滞留的水汪和沉淀的黄泥，青草成片倒伏，树干上挂着带有泥坨子的整束野草及麦秸树枝类淤积物，标志着洪水曾经的水位。柳林放牛尚须时日，我们只得沿堤坡割草喂牛。半拉井周围及林中漫漫的小路，水已开始廓清。我突然来了兴致，赤脚提起裤脚管下到林地小路上。水深及脚踝，地特滑，我缩紧脚丫，小心翼翼用脚趾扒地前行。每迈一步，经过处便腾起一团泥色的浑黄，在水中如同烟雾漫卷扩散开去。良久，泥雾沉淀，透明的浅水底的泥地上便留下了我清晰的脚印。就在我兴尽回头瞬间，瞥见了一条大鲇鱼。它正在堤坡下的水沟里，足有十五六斤重。前两天就听说村里有人在上游河滩滞留的水里捉到过重达53斤的大鱼。现在面对样子有些凶的大鲇鱼，我和友爷都吓得不敢动，宽叔就一人下水去捉。实际宽叔也不灵光；鱼太大，他两手抄着鱼尾部向上掀，刚掀露水面，那大鱼就"哧溜"一下向前滑去。连掀了两次，大鲇鱼显然有些不耐烦，便游进了半拉井。尚半浑浊着的水面上，冒出了一大片小气泡……

发现大鲇鱼的消息不胫而走。第二天柳林里来了三个青壮年，他们要淘干井水捉鱼。"高手在民间"，他们只带一锹一桶，两根分别用于捆绑桶上部和下部的长绳索。一人先是用铁锹铲泥堵起半拉井与水沟连接处，筑成一道小拦水坝。两人分站两头，各自抓起两绑桶绳的绳头，用两手拉两绳操控水桶的偃仰起伏。两相配合，动作娴熟，那半拉井的水便哗哗地舀到堤外水沟中流淌而去。水位急剧下降。当降低到水井深度一半，下降速度方明显放缓。"咦！有泉眼？"一人问。"哎，底部是流沙，渗水就是快。"两人对话中加快了舀水的节奏，"哗——哗——"。当锅底形井底水面越来越小的时候，有人下去了，水深刚刚及膝。于是可以断定，是不可能藏得住什么大鱼了。换言之，昨夜大鲇鱼已乘着夜色，顺水沟逃之夭夭无疑。正当来人垂头丧气之际，从哈塌坎里"忽"地蹿出一蛇状物来！"血鳝？"有人喊了一声，随后便捉放进桶里。这家伙像蛇又像泥鳅，约七十公分长，小擀面杖般粗细，淡红色身上有深灰色花纹。鳝鱼是营养丰富的上等鱼类，来南方后吃过的见到的都是黄鳝。我查过《辞海》，也未查到有关血鳝的文字记载。难道血鳝是我故乡特有珍稀物种？听捉鱼人说，西河崖水中还有一种叫"面鳝"的鳝鱼，可惜从未见过。我时常在想，狂野而有些神秘的西河崖呦，究竟还有多少不为人知的秘密呢？

淹子边裸农

探寻沙洲尽头的好奇心，时强时弱，终是未及泯灭。顺沙洲方向远眺青黛色沂蒙山和天边流云，心底便涌动起一种豪迈的向往。

在初夏的那个午后，宽叔攥紧拳头使劲向下抖了抖，我们便果敢地跟他出发了。踏着水边湿湿的沙，感悟着脚底板那惬意的舒适，溯流而上。身后的沙地上便印下了我们一行行渗出水的脚印……良久，疲惫袭来，兴致锐减，步履沉重之时，宽叔抬手一指，"快看，淹子嗨！"我们便霎时来了精神，直奔淹子宽阔水域边缘止步。清清亮亮的水荡涤着沙洲尽头柔柔的细沙，呈一条曲线儿的浪花舒卷着有节奏地进进退退，低吟浅唱，冲刷出细腻硬实的洁净沙脚。一大片浅水区波光粼粼地辉映出沙色的姜黄；随着水深度的改变，水面又呈现出一段硫化酮水溶液样的蓝绿色透明；及河底陡然下降，那直达荆埠子壁立山崖的广阔浩瀚水域，便展现出慑人魂魄的深色湛蓝。几块圆溜溜的硕大铁青色卵石横卧水边，背衬着天边一团团白色云朵，仿佛有一种亘古久远的苍茫与空寂。

水边淤积的草屑和黑色木渣，呈条条线状的痕，把沙丘分隔成一层层，标志着这寥无人烟地域不同时期的原始水线。水岸线凹进去的湾流里，细如尘埃般沙的底，沟沟槽槽似有小生物往来爬行过的踪迹，还有像小蟹爬过的点点细密的爪印……我们仔细地寻寻觅觅却始终一无所获，仿佛活着的生命已骤然间在这里消失……沙角斜坡上堆积的蛤蜊壳掺杂于沙中，发着惨淡的白；或完整或破损的蜗牛壳里灌满了泥沙；这些曾经的生命带着昔日的梦幻在这里终结、沉积、风化，回归自然。

友爷倍感失落，因为我们只能小心翼翼在浅水边徜徉，对不远处那片神秘的湛蓝，有一种不敢越雷池半步的恐惧。宽叔叉腰眯起眼睛，凝视着远方，目光扫过水汽氤氲的波光远影，上身微微晃悠，充满了对大自然的挚爱与敬畏。我有些兴奋，眼前波澜壮阔的景象让我心旷神怡。如此宽阔、如此圣洁水域的奇观已让我觉得不虚此行。一大片乌云漫过天穹，遮住了太阳。倏忽间四野黯然失色，"啪啪"几滴疏雨砸下，仿佛已是薄暮时分的光景。从黑蓝色的水面上刮过来一股冷飕飕的风，令人不寒而栗。咦！我们同时有些惊悚，心中就毛起来，唯恐从水中跃出个什么妖怪，把我们悉数掳去！在这无人知晓的去处……友爷在瑟瑟发抖，牙齿嘚嘚的："大宽，咱们走……吧？"显然声音有些变调了的颤抖。

返程匆匆。依据大河北岸气浪浮动中一丛沙柳做标志物，深一脚浅一脚地在沟沟壑壑乱沙石中跋涉前行。那时不知道三角形两边之和大于第三边的定律，枯寂的脑里只有"抄近路"的便当。就这样，不辞辛劳误打误撞地从一个淹子走到了另一个老淹子遗址。还离奇地遇到了一个总是赤条条光着身子干活的汉子，即文中称其为"裸农"的。老淹子坐落在西河崖柳林尽头，紧傍着西北坡高地刺槐丛生的陡峭斜坡，像黄河故道那样蜿蜒着呈长逾百米的一片狭长水域。水面宽不足十米，大部为浮萍、青苔和水草所覆盖。湾水呈豆绿色的浑浊。水域另一边低低堤坡上长满密密的巴根草，连接着岸上一丛丛散布着叫作"树毛子"的柳丛。树毛子外沿荒草被风沙侵蚀得满目疮痍。"裸农"就是在淹子边的树毛子之间开拓的一片荒地上劳作的。在这个县、乡、村三界为一体的地域，荒蛮得足以任凭你一个人放浪形骸着无所顾忌。

第一次与裸农的邂逅有些离奇、惊异。我们离开淹子到达柳丛后，在散落柳丛那可怜斑驳树影中坐定喘息。友爷欠身去摘一片长有绿色疙瘩的柳叶，"有人！"他喊了一声。"瞎咋呼啥？"宽叔说，"怎么可能有人呢？是野人吧！""你们看，"

106

我们顺着友爷手指的方向，透过红茎绿叶的嫩柳丛间隙，果然看到远处浅淡的绿草和褐黄色的沙丘后面，有一赤裸汉子在挥舞着闪光的锄头劳作。我们绕道淹子的远端，在汉子那三面环树毛子柳丛，一面连淹子的野草地边站定，痴痴傻傻地呆望。他的衣服耷耷拉拉地搭在地头柳丛上，一丝不挂地劳作着，旁若无人。地里的一簇簇花生已经全苗，那椭圆形对生绿莹莹叶片纹理十分精致，一遇高热叶片就两两闭合，像含羞草一样，摇动着叶背泛着白的浅浅淡淡的绿意。裸农锄地动作十分娴熟，锄刃入地或深或浅、或轻或重、或徐或疾，在地皮之下沙沙潜行，仿佛一切皆在把控之中且游刃有余。对于傍着花生苗长出的长叶草，他的锄刃角会斜斜地划进，手腕一抖，那锄刃角只一挑，长叶草连根带茎便被剔了出来，花生苗则完好无损。有时他也会蹲下来，轻轻拨开花生苗，用手捏住夹杂在苗中的杂草根部，均匀地用力，"嗤"地一下连根拔起。

　　裸农活儿干得漂亮，人更是长得标致。一米七六左右的身高，略显偏瘦，肌肉轮廓结构清晰分明，黄白肌肤泛着阳光久晒的淡淡酒红。就在他透着一丝冷漠的目光扫过我们时，我惊呆了，"是他？"我见过他的！尽管他面染风霜尘埃，薄嘴唇周边围了一圈麦煞微微泛黄胡子。可他漂亮的眼睛和挺直的鼻梁还是让我轻易而举地认出了他。他是我村"关东客"家的女婿。关东客从年轻始，曾二度闯关东，挖过煤，打过工，种过高粱和小米。还当过小贩，甚至入伙搭靠山帮在深山老林挖过参。但始终未能发迹。暮年回归故里，旅途中遇到个小老乡一路照应。

小老乡人品好心肠热，尽管家境贫寒，还是成了他家女婿。这个小老乡就是"裸农"。关东客家的女婿漂亮，在村里曾经是声名鹊起。我见他是两年前在村头玩耍时，已进入中年的他正从村里走出。刮得青青的头皮，模样周正，上身穿白布对襟小褂，下穿靛蓝色家织布长裤，白底双鼻梁布鞋，处处显得十分得体。大概是年纪轻轻就闯过关东（据说是关东太冷，他带的棉衣抵不住严寒才跑回来的）见过世面，在众目睽睽之下，从容淡定，落落大方。我身后柴草园里两个老太窃窃私语，"快看，关东客家的女婿。""噢，天哪！以前只是听说，真的好看哎？""快有40岁了吧！你说人家咋长得这么出挑，咱全村怕是也找不出这么个人物来。"一个老头倒背着手从旁边走过，"嗯，山中出俊鸟啊！"

我真正对裸农的认知与赞许，是我后来考取南京艺术学院后。从大二上学期，我们就开始男裸体模特写生。一个课时的作业，从模特摆好姿势开始。因考虑到模特易累，每15分钟就要休息一次。全班十个人从不同角度围着作画，马教授巡视着，分别给大家予以指导。轮到我，他用中指顺鼻梁向上顶了顶白边眼镜，手指随意地敲敲画面，"结构，注意结构！"我画得索然无味。下课了，我独自坐在画凳上，思绪怅然。男模特的自然条件太差了，形象呆板，肌肉平平，肤色灰暗，无精打采。其实我们并不希求像健美运动员那样浑身疙瘩肉式的夸张与张扬，而是希望那种肌肉结实、身体健康，轮廓清晰而匀称的男子。这种标准在劳动人民中应比比皆是。裸农几近完美，很使人想到古希腊雕塑人体。这种劳动人民的健美，应是从日出而作、日落而息的长期劳作中吮日月之精华，食大地之五谷的结晶。应是从大到犁、耧、耙、锞；小到叉、耙、扫帚、扬场锨，拿得起放得下，十八般武艺历练出来的！

我想起父亲，辛劳终生，直到老年体形肌肉，依旧保持良好。真正的艺术来源于生活。艺术家应该是走出画室，走到劳动人民中间去！像黄胄那样驻足新疆，与库尔班大叔边赶着毛驴，边扯着闲篇作画；像刘文西那样，一头扎在陕北黄土高原的峁梁上，与老农促膝谈心。何时我们也背起画具，像诗人泰戈尔说得那样："在最贫最贱最失所的人群中歇足。""在锄着枯地的农夫那里……太阳下，阴雨里……劳动里，流汗里，和他站在一起。"

再次见到裸农是三伏天一个炎热的日子。歇晌时沙滩上吹来的风都是热的，蝉声大噪。我们商定去淹子中段清净水面比试打水漂。宽叔尤善此技，斜侧着身子渐次下弯，突然"嗖"地一下将瓦片甩出，那瓦片便贴着水面"啪啪、啪啪"溅起一串儿水花，最终瓦片漂偏两下才缓缓沉入水中。我和友爷自叹不如，我们抛出的瓦片只要不"哧"地一声入水，而也能打出两三个水花就算正常。我们与宽叔比，绝对不在一个档次上。友爷心里的小九九我明白，他就是想侥幸混个第二名。可惜这个计划从开始就注定了不会有赢家。午后两点钟左右的太阳，火辣辣炙烤着大地，毫无遮拦的淹子岸边已如汤煮了似的。我们立马觉得不对劲，撒腿就跑，去寻觅合适水域下水纳凉。及至裸农地边，我们也顾不得裸露皮肤的灼痛，赤条条呼呼啦啦冲进了水里。这里实在不是洗澡的好去处，一下水脚便踩着水底"噗哧噗哧"下陷的淤泥，水下咕噜噜冒出一串串气泡，散发着腐败气息和鱼腥草的气味。绊断的水草漂浮在被我们冲开的水面上，水中翻滚着被搅起的团团泥雾。水深过膝，水的表层被晒得发烫。有道是"两害相较取其轻"，我们只顾趴着泡在水里，这滋味比太阳下的暴晒好得多了。直到这时候我们才注意到岸上田地里的裸农。他的衣服是撑开来搭在地头柳丛上的，像妇女河边洗的衣服晾晒一样。他自己双手抱膝蜷缩在这柳丛下的阴影里。

"他家离这里很远吧？"友爷移开视线，望着远处热浪浮动中的山岚。

"是的，"宽叔说，"沿沙滩边一直走，这一路连棵像样的树都没有，到头来还要过一条长年淌水的小河沟，过了河沟再爬山坡，他们村就在大河淹子崖顶后山坡上。山岭薄地的。"

"他们村就没有树行子？"宽叔摇头，大概他也不清楚。

"不过，"他说，"下坡处的大河边，大概有三四棵古柳。"

我霍然想起了我们村知名老学究田增爷，在得知我放牛后，便摇头晃脑冲着我笑吟："簌簌衣巾落枣花，牛衣古柳卖黄瓜。"我从小就跟姐姐学认字，田增爷对我颇有几分赏识，曾在不同场合夸奖我有才气，说我日后会有出息。

我怔怔地盯着宽叔肩头沾着的一片枯色柳叶，迟疑着要不要帮他摘掉，再仔细一看却发现是条蚂蟥！这一惊非同小可，于是"嗷"地一声喊，大家便纷纷逃离了水域。我们入水总共也就一袋烟的工夫，每个人身上竟都叮有三几只蚂蟥。我们明白，被蚂蟥叮咬时是不可以用手拽的，因为一旦扯断了，叮咬的那段会继续往肉里钻。有效的办法就是用手掌使劲地拍打，蚂蟥惧痛就会缩起身团掉在地上，沾着沙粒打滚。而留在我们身上的伤口则汩汩地流淌着淡红色血水。

各自为战的拍打，本来进展顺利，然而却都遇到了难题。

宽叔大腿根内侧私密处褶皱里还叮着条蚂蟥，无从下手；友爷肩背后有条弯曲着的蚂蟥打不到够不着，急得他又叫又跳；最糟的数我大腿外侧的蚂蟥，两头同时钻进了皮肉，把身子挣得细长，像撑开了的橡皮筋。宽叔不顾自己的疼痛，跨步过来两巴掌把友爷的蚂蟥拍掉了。可我铆足了力气抡巴掌打下去，仍无济于事。宽叔斜看了我一眼，"用鞋底呀！"可哪里有鞋底呢？我们都是赤脚惯了的，鞋子都丢在拴牛处柳林里。宽叔向友爷努努嘴，示意让他去向裸农借，友爷磨磨叽叽最终还是去了。宽叔颇有当领导的潜质，考虑问题全面，遇事沉着冷静。他就地取材，在草丛中采集了一把野艾蒿的茎叶，揉烂挤出绿色汁液滴在他大腿褶沟里的蚂蟥上，蚂蟥终于耐受不了这种气味，掉了出来。我接过裸农的鞋，把心一横，下了狠手，抡起登山鞋底"叭叭、叭"地砸了下去。第一下，蚂蟥抖了抖有了松动，第二下它身形骤然变粗，第三下就团身一翻掉到了地上。友爷央求着宽叔帮他仔细查看身上还有没有洞眼，他疑神疑鬼，总担心蚂蟥会钻进他身体里去。

我知道该是给裸农送还鞋子的时候了。便跛着腿走向了他。他的样子着实让我大吃一惊，他额头上，颈项上、锁骨边以及胸膛上呈现出一排排一行行紫红色印痕。他病了！穷乡僻壤，辈辈流传，人们广泛采用着一种简单对疾病的施治方法。

112

不管是头痛脑热还是哮喘咳嗽，也不论是腹胀作呕还是筋骨酸麻，皆用这种近乎粗野的放血疗法。我想象得出，裸农躺在炕上，他爱人便在他身上选取一些部位捏起皮肤用缝衣针"嘣"地一挑，而后将针斜插衣襟备用；腾出右手，用两手的拇指和食指一起挤捏，直至挤出一滴至少有高粱米般大小的深红色血珠。取棉絮一揩，染一片血色的鲜红……就这样皮肤上留下了均匀的大片菱形紫红色血印，像穿了花衬衫。我咧了咧嘴，一股怜惜的同情心油然而生。

关东客是我家族中爷爷辈分的人，算起来我应该叫裸农大姑夫。可我心里明白，在这种赤身露体令人尴尬的处境中是不可以扯什么关系，认什么远亲的。只是心底里还是有了些许亲近感。我对认出他的事一直守口如瓶。连宽叔、友爷我都没告诉他们。多少年来，想起这事，我都有几分自豪。那时还是个毛孩子呀，能恪守住如此秘密，不能不说委实不容易！也许他给我的印象太深刻、太美好，连同他的勤劳，他的执着，他的与命运抗争的精神。我们从淹子边全线撤退时，他依然在坚守着他的阵地。"即使正午的太阳使天空喘息摇颤，即使灼热的沙地展开它干渴的巾衣。"

最后一次见他已是时值深秋，正午的阳光依旧温暖和煦。他的花生叶茎已呈褐色的枯萎，应是收获季节了。当我们到他地边时，他已收获过半，嘴唇上沾有一缕白色浆汁的黏渣——他品尝了自己的劳动果实——那白白胖胖的嫩花生妞妞。裸农抡起镬头，一镢下去，晃动长柄翘一翘，弯腰抓起茎根部一提，一嘟噜并不丰硕的收获提将出来，抖一抖沙土，那当当嘟嘟、丁丁挂挂花生果便越发清晰着被摆成一溜儿。他再用镬头刨一刨，倒一倒，把零散的落花生捡到一起。有的落花生长出淡淡的红斑，剥出的花生米大都呈条状褶皱萎缩，生吃格外地甜。

我们离开了。走出一段路之后，我又转过头怔怔地回望：他依旧赤裸着劳作，他的肩背部泛出一片因太阳暴晒后褪下来的白白皮屑。我突然下意识觉得，这也许就是我和他最后一次见面了。我轻轻叹了口气，心底里陡然升起一种莫名的惆怅，平添了些许对待亲人般隐隐痛惜的眷恋之情。"相逢何必曾相识。"哦！那淹子边的裸农。

牧歌余韵

父亲卖牛，事前毫无征兆。以至于他是怎么卖的，卖向何方？都成了我心中的谜。只记得我那阵子惶惶然怅然若失。面对空了的牛棚，以及拴牛桩上荡悠悠的绳头，满脑子杂七杂八都是"花少"顽皮的影子。总感到它那乌溜溜的大眼睛望着我，我一回望里面便映出我滑稽的影像，心中更是不落忍。它还没干过活呢，新主人训练它干活时，对它本能的抗拒，会无情鞭打它、体罚它吗？但愿新主人能体恤它，还给它清水、嫩草和加豆豉的草料。我甚至暗暗祈祷希求在它的生命历程中不要有"吴牛喘月时，拖船一何苦"的悲惨际遇！我的此种心境、自作多情，连我自己都觉得好笑。我都不知道这没良心的家伙在此后的岁月中，还会想起我这个曾经的小主人来吗？

买它时，父亲牵着它刚走进胡同，我乍一见就喜欢上了这个摇头摆尾的家伙。"养他个两年，就能给我拉犁喽！"父亲拍拍牛背说。牛是庄户人家的宝，这个理我懂。可两年不到，怎么就又把牛卖了呢？我百思不得其解。当晚睡梦中我又依稀听到了牛"哞—哞—"的叫声。后来起夜，才发现父亲含着他的烟袋锅一直蹲在空荡荡的牛棚前那片月光里……牛卖得突兀，我期望父亲会在适当时机向家人说道说道。

掌灯时分，父亲从他的烟荷包里捏出一撮他自种的烟叶，捻进烟锅，凑近油灯对火。伴随父亲吸得"啵啵"有声，那火苗儿便一次次拉长，又一次次缩回去大幅度波动着摇曳。父亲坐定，慢腾腾地伴随着他烟锅里咝咝声缓缓吐纳，一缕细细的灰白色烟雾从他的唇缝中徐徐流出……他眯起眼睛久久地望着我。"不用你放牛咧，上学去吧！"父亲微微颔首，轻轻舒了一口气。"我送你到夏庄你大叔家里，都说好了，他那里有学堂。"我坐在父亲面前的炕上，双手托着下巴颏，原以为谈卖牛的事，却突然要我上学，这令我有些猝不及防。我怔怔地望着父亲。一丝笑意浮上了父亲的嘴角，"等你长大了，也好给人家记个豆腐账呀什么的。"笑意随着咧开的嘴角，在父亲胡子尖上颤动。我的脑海里立刻闪现出那些挑着担子走街串巷的豆腐匠。"豆腐——"边喊边敲着竹梆子，"梆、梆、梆……"声音飘忽不定，时远时近。深巷中传来狗吠，谁家的大门吱呀呀响，伴随着踢踢踏踏的脚步声，有人用葫芦瓢端着豆子出门去换大豆腐……这种现买现卖、当面锣对面鼓的小本买卖还要人记账吗？我突然明白了父亲挂在脸上的笑意，老头子是在拿儿子寻开心呢？于是我便皱起鼻子，冲着父亲做个鬼脸，舌头在嘴里打着转地发出卷舌音"勒勒、勒勒"。父亲便嘿嘿地笑，"怎么？兴许还能学出个物来？"

我上三年级时，友爷死了。听说是在田里干活时得了什么"绞肠痧"（应该是属于中暑）。我想象着他离世前的痛苦，因为他母亲是出了名的刮痧能手，下手利落凶狠。刮痧大致采用两种方式：一种叫使用"麻秧"刮法，即取一小缕麻纤维，粗略捻一下，呈毛毛拉拉的绳状，再放在盐水里浸湿，拉住麻绳两头绷紧了在病人的身上刮。背脊、腋窝、胳膊弯、腿折弯等处反复地刮。另一种方法更简单，用拇指和食指捏住一枚铜钱蘸盐水直截了当地刮。特别脊柱两侧必是铜板刮法的重创区域。刮痧疗法之后，病人皮肤上便留下了大片大片呈条状毛细血管充血的殷红。

友爷死后，我并不忌讳他来入梦。梦中的他，依然是那么贪玩，耍点小心眼，依旧是贪图占点小便宜且无损他的心地善良。一起放牛时，友爷大概只有五岁多一点，太小了。牛一犯浑，他拉都拉不住。这使得他经常擦眼抹泪的。他也曾长时间抽泣，呜呜咽咽、哀哀怨怨，悲悲切切。是啊，像他这么大的孩子，正是家人带着玩的时候，他却干着大孩子才能干的活。

可他自小死了父亲，家境凄凉，也是没法子事。他大概也感到自己委屈，但哽咽之后，叹一口气，还是接受了现实。和其他小孩子一样，他哭起来哭得让人伤心，可转眼玩起来就把伤心事忘得一干二净。

我又想起他玩金龟子推磨的事。宽叔把高粱秆篾片一头插进金龟子颈后脊缝里，另一头插在一节高粱芯上。高粱芯另一端也插一金龟子，中段掏一洞，松松垮垮套在友爷举着的木棒上。两个金龟子旋着嗡嗡嗡地飞，友爷的脸笑成一朵花，嘴里不停地喊着"沸（飞）——沸（飞）——"任唾沫星子乱溅。两只金龟子嗡嗡嗡地飞一阵子之后，发觉不对劲，根本飞不走，只是在原地打转转。于是便相继罢工，不飞了。友爷一看急了，"沸煞，沸煞"，边喊边用手摇转，果然一只金龟子上当了，误以为有了飞走的机会，嗡地飞起；另一只没弄明白也糊里糊涂地助飞。可好景不长，金龟子们很快发现是重蹈覆辙，落入了另一圈套。于是便横竖不干了。友爷无奈地看着两只标本样的金龟子，一动不动，一副爱咋地咋地的熊样。那原本应收拢在硬壳翅下面的软翅，也不管不顾地外露着；像印巴汉子的外套，下边露着里面的长衫。眼看没法玩转了，友爷便有些难为情地看着我，满脸愧色地说："大曾，咱不玩了好吧？"我点了点头。因为按常规，他玩过后要交给我玩玩，即宽叔说的也过把瘾。"你看，"友爷朝金龟子扬了扬下巴，"怪可怜的，放了它吧？它是累死的！"

我在外村借读才半年，村里就有了学校。那些错过了最佳年龄段的大孩子也一窝蜂地来报名上学。唯宽叔没来，他把上学的机会让给了他姐。他姐曾与我同班，有些心机，不苟言笑，读完四年级，初小毕业。这在当年已经不错了。

按老家风俗，男孩子结婚早，基本上又都是"小丈夫大媳妇"的模式。而婚姻依旧是"父母之命媒妁之言"的老套路。诚然，双方父母普遍会通过公开或不公开的方式见一下对方，为自己的儿女把把关。这就给唯利是图的媒婆留有了较大的空间和回旋余地。欺、瞒、哄、骗在所难免。像宽叔这样高个端正青年，不经意间就成了媒婆指鹿为马的婚托。"看，正忙着呢，就是他，在翻菜地的那个。"媒婆隔着篱笆指着宽叔对身边的女人说。女人喜不自胜，以为给闺女找到了如意郎君。当闺女结婚入洞房揭掉盖头时，顿时傻眼。心里纳闷，"不是说男方一表人才吗？这怎么又黑又瘦，像个柳木猴子似的！"心中窝火，待男人爬上炕时，一脚把男人踹到炕下……当然，坊间传闻，道听途说，况且谁家的新婚洞房里都不会有第三者见证。不过也确有奇女子，全然不顾生米熟饭之类闲言碎语。入洞房发现上当受骗之后，便推说生病肚子痛拒绝房事。半夜女子说肚子疼痛难忍要大便，地点就在院子里倒污水的壕沟边。女人出去大便后，男人便不时趴在窗子上张望，见女子一直蹲在那里，也就放心了。良久，男人出去一望，原来是架筐上搭着一件女人脱下来的外衣，人早已逃得无影无踪。

宽叔的父母开明，婚姻问题任凭他自己做主，说"只要他自己对上了相就行"。逢集的日子，媒婆带宽叔走进一家人家相亲。进得里屋，见女方已早到，侧身坐在炕上。宽叔看这女子身材相貌都不错，就答应了这桩婚事。直到结婚入洞房帮新娘揭盖头时，才发现女子右额角有一铜钱大的疤痕……日子一久，宽叔也就想开了。也算是瑕不掩瑜吧，宽婶为人不错，里里外外都打理得井井有条，相夫教子，一家人倒也过得其乐融融。

岁月悠悠。人离家乡越来越远，心离家乡越来越近。随着年龄的增加，对于家乡的怀念与眷恋与日俱增。记得当年我考取南艺之后，翌年又回家乡一次，在即将离开家乡的那个深秋的夜晚，我最后一次伫立在村后土坡上，痴痴地望着夜色朦胧中的西河崖。起风了，柳浪在西河崖翻腾。林边灰白色的小径上已断绝人踪。我想起了裸农，想到此生亦再无可能与他谋面，心中竟也酸酸的不是滋味。唉，真该喊他"大姑夫"的。夜色渐浓，秋风萧萧。想大姑夫地头上的柳丛已落叶飘零，黄褐色的落叶卷曲着，打着旋儿飘进他松软土地的沟沟垄垄里。

随笔拾遗

凝　望

　　2015年，马鲁港陪兄弟们去柬埔寨旅游，在网上晒出了一张他拍的照片。此照使我眼前一亮，遂被深深地吸引和感动着……有意思的是照片留下的印象竟连日萦绕心头，挥之不去。然而让人始料不及的是再打开手机搜索时，照片竟随信息洪流翻片而难以找寻。只得两手一摊，很是有些失望与无奈。

　　我忘不了照片上那双凝视画外的湛蓝色大眼睛——这个贫穷国度里的孩子那冷峻刚毅和略显成熟的目光，仿佛真的能直透你的心灵，以至于像鲁迅先生讲的"榨出你皮袍下的小来……"他还是个幼小的孩子呀？这个与他年龄不相称的眼神是会叫人有种难以自抑的心疼！孩子稚嫩的身体左倾，赤着的小脚掌紧紧扒住粗粝的地面，正在划动的小手孥煞着，留住了那份被定格的生动。周围的环境，地面、树林是那种虚化了的模糊。其实，我们身边并不乏慧眼识珠者，此照片果然被一家大航空公司录用，作为能代表其水准的广告宣传。

　　照片最成功、最难能可贵的是鲁港精准地捕捉到了这个孩子扭头凝望的瞬间，这个可遇而不可求，稍纵即逝的一瞬。真正的艺术是无法复制的！换言之，你可以跟定这个孩子，一次次地重拍，可是在时光流逝的长河里，你再也找不回那直击心灵的眼珠间只一轮的那个凝视。这就如"他年纵相见，不在此枝头"的悲怆与抱憾。

现代科技的发展进步，手机拍照容易、方便又普及，比起当年的傻瓜照相机又先进便捷而随意得多。然而，拍拍玩玩和正儿八经的摄影艺术创作是两码事。要拍出真正的艺术作品绝非易事。这需要有立意，构思、预期效果的设想，是要考虑拍摄的地点、季节、最佳时间段，天气等诸多环境因素。早年我在镇江时，就有两个从事艺术摄影的朋友，因此我很了解这个行当的艰辛。马鲁港从事业余摄影多年，去柬埔寨前他就做好了准备，带好了他的"长枪短炮"式的摄影设备及器材。他的这张摄影作品《凝视》，按常规应该是用大光圈快速度抓拍的，这种拍摄要求对距离的测定要十分精准，稍有差池就会导致影像模糊而失败。

学习从事任何一门艺术，都要有持之以恒的决心和孜孜不倦的探求精神。而艺术创作的过程往往也是对作者的历练和心灵的一次次荡涤与升华。近日在网上流传着摄影师成勇拍摄的一段视频。这段长4分59秒的影像，是他耗时7年深入"阿尔金山""可可西里""关塘"三大无人区拍摄的呕心沥血之作。这段名为《绝地生灵》的视频，大气磅礴，山川圣洁、空灵而壮美。作者对偌大的国家自然保护区空旷凄美的敬畏之情溢于言表。他时常与动物不期而遇，每每都会给予他心灵的震撼与启迪。一只狼，这个大自然生物链高端的一环，以隐蔽在火山岩后伏击藏羚羊为生。渡鸦盘旋于空中，"呱呱"地叫着希望能分得一杯羹。狼并不吝啬地撕下一条儿羊肉，颠颠地小跑，送至远一点的地方让渡鸦来食，自己则匆匆赶回继续进餐。狼还会在羊皮上打滚，消除自身气息，用智慧提高伏击的成功率。随着创作的进程，作者从单纯的猎奇转变为自然保护区的志愿者，他珍爱这片原生态的国家遗产，深深感受的是那份应尽责任。

马鲁港也制作了一个视频，应属探索阶段，作为兄弟四人柬埔寨之行总结和纪念。我觉得这种东西还是大胆做些尝试，增强艺术观感效果，比如中间穿插树林光影斑驳的画面，或者插一段侧光、逆光的镜头。结尾过于平淡，建议拍一段四人在暮色中欢欣雀跃的剪影，跳跃中形态各异，定格结束。或者四人勾肩搭背，欢快地走出画面……

月儿似柠檬，高高挂天空，我们游游荡荡，行进在月色中……

书贵在读

中央电视台倡导读书，说书中有诗和远方。在举办的中华诗词大会上，青年才俊、学生选手个个才高八斗，满腹经纶，十分了得。反观当今社会，读书之风日渐衰落。而"金钱至上""追名逐利"的浮躁心态盛行。读书仿佛成了一种不合时宜，抱残守缺的群体象征。在聪明人的眼中，读书者大抵与那种傻不拉几的人群相近。

我们这一代人大概已是注定难改初衷了。在大学读书的时候，老师就反复强调，"要走万里路，读万卷书"。后来终是成了一桩遗憾事，深感有违了师训！诚然，读书的道理始终是明白着的。且不说"腹有诗书气自华"了，就说人要有点追求，或叫精神诉求吧。是呵！你可以眯上眼睛，神游于大海边的那片湾流，伴随着那个幽默可爱的老人，驾帆深海上，与大鱼展开惊心动魄的生死搏斗；你可以驻足于顿河岸边，欣赏那汲水人和骑马者倒映在水中的倩影，任静静的顿河流淌着哥萨克浓郁的风情；你也可以循着鲁迅先生的笔墨，在梦中感悟闰

126

土那圆乎乎的脸蛋和纯朴着的憨厚；还可以走进臧克家笔下的《野店》，看车伙子抖落披布的尘土，聆听他扯起水瓢"咕咚咕咚"的喝水声……

前一段时间，我的学生康立祥来看我。谈到他去山东高密拍纪录片住了半个多月的事。说高密东北乡种了大片大片的红高粱，农民开始并不热心于种这种已被淘汰的农作物，可政府有高额补贴呀？因为那里已经是旅游景点，还建起了一座"单家大院"。想想看，本来就很火的农家乐，而这里，人们可以徜徉在高粱地那绿色的海洋中，穿行在长满车前草的田间小径上，想象着当年"九儿"和"余占鳌"怎样在高粱地里"野合"，生下了莫言笔下的"父亲"这个土匪种。或者到"单家大院"里，聆听关于"罗汉大爷"怎样心甘情愿地为九儿打理制酒作坊；怎样从犯浑的余占鳌撒进小便的酒篓里得到启发，酿造出高密的高档名酒。还可以攥紧拳头，满腔悲愤地聆听"罗汉大爷"被日本鬼子剥了皮的那份悲壮！

一篇小说造就了一宗旅游产业，拉动了当地的旅游经济。真想不出一本书竟能创造出这样的奇迹。

寒山寺是苏州城外的一座平凡到"一无是处"的寺院，"枫桥"也是极为普通的石桥。可就是因为张继《枫桥夜泊》一诗，使我当年像中了邪似的急于去寻访。面对荒郊野外近乎苍凉的平凡寺院，我一点儿也不后悔。我甚至于想到，假如寒山寺已不存在了，寻访中只要有人哪怕指着一处残垣断壁说"这里就是寒山寺的遗址"，我同样也会心满意足的。寒山寺真正给人留下印象的，不是那能撞响钟声的钟楼，而是后来人一代代补修刻建的那蜿蜒矗立的长长碑廊——那是古今中外名人骚客书写《枫桥夜泊》留下的碑刻："月落乌啼霜满天，江枫渔火对愁眠。姑苏城外寒山寺，夜半钟声到客船。"寥寥二十八个字就足以使寒山寺自古至今香火不衰、游人不断……经典文学的魅力可见一斑！

　　说到读书，最好要有个计划，根据各人实际情况，做科学安排，读什么样的书？读哪些书？哪些书要精读，哪些书要反复读，哪些书只做一般浏览即可，做到心中有数为好。所以真正地把书读好，是不易的。读书最忌"无志之人常立志"，想得天花乱坠，实施起来就虎头蛇尾，不了了之。所以读书贵在读，贵在坚持。

　　我们有个合家欢的群，异口同声地要倡导读书，这实为一件大好事！我不敢提订什么读书计划的事，我怕计而不划，五分钟热度过后又各戳各的手机。于是我强调说："书重在读，不必为读什么书伤脑筋，手头有的不妨先读起来。这正如学游泳，没有必要为学蛙泳呀还是蝶泳呀而举棋不定，重要的倒是'咕咚'一声先跳到水里去。"

最佳搭档

——南阳《宛电魂》壁画设计始末

为设计壁画，陈咏先生费尽周折电话联系上了我说："众里寻他千百度，蓦然回首，那人却在灯火阑珊处。"

——题记

近期接南阳供电公司工作人员电话，希望我提供当年为电力大楼设计的壁画稿，以配合他们做展板宣传之用。多年来一直留有些许遗憾，这幅长 10.57 米、高 2.6 米的北京房山汉白玉半浮雕壁画，由于安装在门厅正面二楼高度且有点弧形的墙壁上，大楼摩高的透明材质构成的穹顶，使门厅因光线多角度投射而明晃晃着光影散乱，以至于壁画落成后摄影师仓促间未能向我提供出理想效果的照片来……

2007 年，我应邀约同常州雕塑家童太刚先生一并抵南阳供电公司，聆听公司领导对壁画的构想与设计要求。公司曾提供了一份参照中央精神文明建设要求列出的几条书面设计意见，并由公司政治部召开了有关人员参加的关于壁画设计座谈会。总体给我留下深刻印象的，一是把电力大楼和国家电网标志摆在画面重要位置。二是着重表现宛电人艰苦卓绝的创业精神和科学跨越发展之路。三是展现令南阳人引以自豪的悠久历史文化、名胜古迹之风貌。

南阳归来，我依然沉浸在这中原明珠、璀璨秀美之宛城的回忆之中：卧龙岗的野云草庐，医圣祠的肃穆宏伟，地动仪的精美绝伦，汉画像石的古朴隽永，不时在脑海中若隐若现。眯起眼睛，仿佛置身于西峡恐龙涧，领略那远古的震撼；旋即又似乎伫立于晚风徐徐的白河柳堤，感悟那碧波荡漾流光溢彩的心旷神怡……万籁俱寂之夜，我一边翻阅有关资料照片，一边陷入了沉思。我深为南阳这家大型国有企业开拓进取的拼搏精神所感动，想起他们偌大一个企业的向心力凝聚力，回想他们创业初期手拉肩扛的艰苦卓绝和老界岭抢险、白河滩抗洪等一系列感人故事。心中涌动起一股创作的欲望和激情。一幅反映宛电人为了万家灯火，追求卓越、开拓进取、骁勇善战的《宛电魂》壁画构思开始渐渐明晰起来。

我决计打破常规，摒弃壁画人物造型通常皆四平八稳的刻板形态。使人物置身于生产建设实践之中：赤膊的、裸背的、挽起裤脚管的、完全背对观众的，不一而足。既有抡圆大锤千钧一发之瞬间；又有拥抱未来，高歌一曲之定格。既有基地军训铿锵有力之气势；又有带电抢修雄鹰展翅之英姿。淯水流觞，浸染着南阳人振兴经济奔小康的家国情怀；鸿雁凌空，寄托着宛电人面向未来科技现代化强国之梦。在构图上，则依据大楼门厅立柱巍然耸立，墙体坚挺多垂直线的环境，壁画采用波动式、横向艾克斯线构图。使画面灵动而有韵律，力求达到一种丰盈唯美与环境和谐而相得益彰的视觉效果。在画面处理上，充分利用汉白玉浮雕分层次的特点，依据形式美法则，以人物形象布局为主体，最大限度容纳相关的诸多美的元素。在画面左上方精心设计了历史名人诸葛亮、张仲景、张衡、范蠡的形象后，将诸葛草庐、地动仪、医圣井、汉画馆，以及电力大楼、火电厂、热电厂、水力发电机组、变电站，连同淯阳桥、恐龙化石等景观悉数纳入画面之中。应用壁画设计蒙太奇手法将不同时空，不同地点，甚至古今中外，天上人间的事物均选择而息数穿插布局其中，以共同营造出波澜壮阔的宏伟画卷……

画稿既定，童太刚先生郑重作出承诺要出精品。他租赁了常州某工厂闲置的一个大型车间，竖起一排厚实平整的长木板，打起脚手架，还特地从宜兴买回来陶质泥土，开始做1∶1的壁画泥稿。其间还请来了两位同行帮手助阵，历时月余，这块 27.48 平方米的泥稿巨制，就呈现出一种近乎完美、让人赏心悦目的浮雕效果。南阳供电公司王海林书记与陈咏主任带队来常州观摩审稿时，对泥稿的繁复与精致颇为满意。王书记手指点着我和老童说："你们两个合作搞壁画，那是最佳搭档！"我淡然一笑。在我所涉及的圈子里，凡做这种大型石材浮雕壁画，除了童太刚，没有第二个人会去搞这种 1：1 泥稿的。这种作派，在外人看来，不仅迂腐，简直就有些不可思议。

2006 年，我为莱州信息工程学校设计的 18×2.5 平方米的花岗岩浮雕壁画《弦歌百年》。汉威艺术中心在制作前曾选取中间一段做了长约 2 米的小型泥稿，本为看整体效果亦无可非议，因制作不严谨而成无实际意义的显摆。其中也不乏借此忽悠客户之嫌。镇江雕塑才女朱庆棠，仅限于做壁画中人物头脸和手形的泥稿。我和她合作的东营电力广场壁画《电史礼赞》《光明使者》（20×2×2 平方米）画稿审定后，她就闭门谢客，在家将画面上的头面和手形依次做出泥稿，并用石膏翻制成形，像一块块鼓突着的白色薄饼。晾干后装箱，由其爱人一路相伴送她至东营，开始了她的"壁画监制"之旅。承接雕刻安装的六名石匠师傅，已将石料运抵电力广场，就地放置妥帖，支起帐篷，安营扎寨。单等他们的"艺术总监"朱庆棠来现场指挥，开启他们打造半浮雕壁画的序幕。

童太刚翻模之后，精致的泥稿便毫无用处，只得碾压粉碎成黏土状，作资源的重复利用。模具也在翻制出玻璃钢浮雕后而被废弃。倘若承接玻璃钢壁画业务，至此基本算是大功告成。可惜这新制玻璃钢浮雕，其命运却是依据画面结构被切割成若干块。在每一块的背面还要分别用长短不一的木板条交叉扎牢，并倒入石膏凝结固定为模块，使其大致形同电焊工的面罩，以供石匠师傅抓在手里作为刻制石料的依据与参照，仅此而已！这批浮雕模块被编上序号，装入专车运往河北省曲阳市玉雕工艺厂，这种看似如建筑垃圾的浮雕块，期望在壁画制作中达到事半功倍之效能。

相比之下，齐鲁石雕工人，东营电力广场上的六条汉子，身无长物，就有些风萧萧兮的悲壮！他们个个都必须使出浑身解数以应对当下生活的窘境与工程艰巨所带来的工作压力。朱庆棠老师向他们提供的仅仅是那几块头脸和手形的石膏薄饼，共 80 平方米的巨幅壁画浮雕就完全依赖于我给他们放大的，用于生产的线描稿。线条为画之魂，是他们打造出层层画面之精彩、重重曼妙之神韵壁画的魂！雕塑家的眼光是独特的，平面线描画稿在他们眼中是立体三维空间的。成竹在胸，画稿在他们心中幻化为错落有致，疏密相间的完整壁画之原形。于是他们在石雕制作中气定神闲，随时把控全局，指挥游刃有余。

艺术家是需要有点才气和灵感的。即使是二度创作，依然需要满怀激情地全心身投入到创作实践中去，力求达到给顽石以生命，给作品以灵性的至高艺术境界。

童太刚起运浮雕模块时，已是寒风凛冽的冬天。河北省曲阳市玉雕工艺厂厂长安排人员卸车，轻拿轻放，对模块呵护有加（尽管用过即成垃圾）。他是童太刚在中央美院进修期间的同班同学，这次与老同学合作，自是心惬意畅。浮雕做到这个份上，按说老童早就该交给老同学打理。即便按正规合同要求，制作浮雕并安装到位也是厂方职责所在。然而童太刚就是童太刚，他轻装简行，在儿子陪同下赴河北曲阳做现场全流程监制……浮雕制作完成后，我收到了他的电话，"臧老师，全好了！"电话那头传来兴高采烈的声音，"全部拼好在工地上，昨夜落上了一层薄薄的雪花。你猜怎么着？黎明，太阳从地平线升起，嫩黄的阳光斜斜地照着，晶莹透亮，美极了！"与我合作搞过壁画的雕塑家有五位之众，个个都有作品传世，成绩斐然。对他们作横向比较是愚蠢的！然而对公开叫板要出"精品"的只有童太刚。我只想说："南阳电力大楼汉白玉半浮雕壁画，将永远承载着童太刚先生一丝不苟的敬业精神和孜孜不倦的艺术追求！"

谈到精品，老童总是显得格外兴奋，"臧老师，到了我们这个年纪，脸面比钱重要，你说是不是？"按说是的。艺术扯到钱上，是有点俗。但这个俗又有谁能绕得开呢？随着工程接近尾声，面对他带来要我审核的一大包账本发票，心想，这下非得俗一把了！可转念一想，既然他烦琐的制作流程致使费用比与其他任何合作伙伴都要高出许多，倒不如索性送他个顺水人情，不予审核，自己只拿点设计费得了。让我始料不及的是，当把我的决定告诉老童，他惊愕之余，竟显露出一种并不太情愿的神态。我有点纳闷，任何时候，任何业务，设计费总得要给人家吧？我猛然想起已忘却了的多年前我和他的一次合作……

确切地说，那不叫合作，是他用我的一份设计图纸争得了一笔业务。项目命题为公安系统某大院设计一把宝剑的雕塑。纯粹是该单位某领导自以为是的突发奇想。为增强圆雕张力，我在方形底座上设计了四只类似几何形体般抽象的和平鸽（也像热带鱼），分别向四面斜上方拓展开去，鸟翼端互相连接，既通透又有切割块面装饰感。总体又像棱角分明的荷苞绽放，呈托出一把倚天剑。老童是在此次投标评标活动即将结束时才匆忙介入的，就是用我这张设计图纸去把刚中标的设计方案给顶掉了。我得知此消息深感歉疚！因为这家武进的设计公司方案是一只大手握着宝剑。虽无新意，可确实是正儿八经有圆雕感的作品。实践证明，客户方草率撤换这个中标方案并非明智之举。

　　按说如愿以偿的中标当珍惜！老童只需参照设计图精心制作一个一米左右的石膏样稿模型，经该单位领导过目，标明尺寸，送往制作单位制作就事半功倍了。其作品效果应该比原中标方案风险大些而艺术品位也略为高些的状况。然而我还是低估了童太刚先生展现艺术才华的热情，他在不断地探索与变化，从抽象到具象，从拓展到收缩，做出了若干个大大小小样稿。并从中选取一个去工厂铸造了一批样品，自作多情地送给人家单位，用作年终颁发奖品或纪念品。事情就是这样，按客户方选定的方案坚定实施，顺理成章，是业务完成的可靠保障。然而，当你背弃了原先双方认可的设计方案而另行其事，你就必须为你的随意性和对原先设计的不自信买单。这样一来，哪还有什么底线？越搞意见越多，连送出的纪念品也备受争议（说像什么酒瓶子之类）。众说纷纭，莫衷一是！最后竟无奈地又回到了只做一把宝剑的原点。所有努力全部泡汤，只是画蛇添足般在剑柄上绕出一段粗钢筋，连接着两只不伦不类的飞鸟莫名地向上旋了一下……

　　一个匪夷所思的立意，一个于事无补的制作。结局就是三两年后，随着该单位领导的变更，此雕塑便被拉倒后彻底铲除了。这是后话。这所谓雕塑落成后，童先生还是打来了电话谈付我点设计费的事。他反复叙说他几乎没有赚到什么钱，这话我信。但他还是把那烦琐的样稿创作、多次试验过程及大概的费用，不厌其烦地唠叨。我始终想不清楚，老雕塑家了，难道连这一点都不明白？在一个毫无艺术因素可言的命题上反复折腾！亏他最后竟然还请木匠用木材和三角板做成 1∶1 宝剑模型，以便让工厂仿效铸造。由于超长，只得雇用一辆十轮大卡车运往上海市郊……我还是忍不住"扑哧"笑了，微微摇头，我服了他了，彻底服了他了。

我外甥说："我舅噢，人家给点钱就画噢！"儿子说："市场就是让爸这种人搞坏了，有钱也画，没钱也画。"像我们这些四零后，生在建国前，长在红旗下，受的是为人民服务的教育、熏陶与启迪，总觉得干好工作，完成一件作品。至于赚不赚钱，赚多赚少似乎都不那么重要。想想童太刚，他对艺术痴迷的样子，委实太可爱了！当南阳壁画落成验收，我们即将离去之际，老童突然伤感地说，"也许这辈子是最后一次看到这壁画了！"我有些诧异。"是真的，"他长长地叹了口气说，"这些分散在全国各地的我们的作品，都是我们的孩子呀！"

关于简介

　　一篇有点冗长的议论文《浸在岁月中的诗情》，经逸德阁青年才俊们的手，划分为四个章节，分四次依序发出。每个章节各配以西元画作，又类似前言那样加西元数句感言。竟是收到意想不到的效果。正文前还恰到好处地选取了我二十年前的一份简介，那段像萤火虫屁股上一闪一闪的岁月年华。

　　本来这类简介，人们大都粗略浏览，不会深究。就像吃个鸡蛋，无须去研究那生蛋的母鸡一样。然事有意外，有熟人还是打来电话，那头先是吱吱啦啦的杂音，"喂（笑声），我们有问题还是来找你老领导噢！你好像还在现任吗？"我迟疑了一下才明白过来，"呵呵，咱们这么多年都没个地方找，你们找到我，就来找吧。（笑声）"是呵，电影公司从改制到整体拍卖已十五六年了，"现任"是子虚乌有，说过去也是实情。回忆里那点往事，总还有那么一些恍恍惚惚的美好。省科普美协当年的掌门人是南艺前院长保彬老师，保老为人正直而光明磊落，他的执掌注定了这个组织的和谐。加之秘书长吴同椿是个非常称职（专职）的大好人。该协会核心人物主要是省直与南京的，省辖 11 市每市一个理事。省里举办大型科普美展，竟是苏州和镇江组织得最好，从入选作品数量、获奖的档次均属上乘。于是就像某部队打赢了一场战争，指战员升职一样，苏州的徐海鸥被增选为副理事长，我被增选为常务理事。

至于市科普美协，与市美协基本呈重复状态。换言之，凡愿意参与科普内容有关美术创作的市美协会员即为科普美协会员。1995 年，科普美协换届选举前，我任秘书长，找到退休多年还在担任协会主席的老局长，他同意不再参与下届候选。我在市直机关中物色了一个工作能力强，但有些傲慢意味副部级干部，一心为开展好工作的我，想让他兼任协会主席。此人果然精明，只答应支持工作，但绝不进套。是啊，一无经费，二无实业支撑，当官的谁肯兼这个清水衙门的破职。无奈，代表们说，这个主席就你来干吧，弄得我就像篡了人家老局长的权似的。

市委宣传部的那位我还真没看错，他竟向我提出了画世界科技发展史连环画的设想，这也正中我的下怀。于是由宣传部草拟了一个《世界科技发展史画库》的计划方案，由他带领宣传部一个科长和我，直接去省委宣传部找了部长王建邦禀报，又征询了南大老教授和科技出版社意见。其间，我还单独登门拜访了出版社美编室温克信主任，最终促成了此事。《画库》分古代史、近代史、现代史三部分，由市委宣传部一批笔杆子分头编写连环画脚本。由我市协会承担古代史绘画部分，近代和现代史部分由省直和兄弟市作者创作。1996年，西元到镇江时，我正在画连环画，他对着我桌面上"王冠的秘密"的最后两页画稿草图，一边用铅笔勾勒着，一边对线条起笔收笔及韵律感提出了中肯的处理意见。无奈当时压力太大已无心思潜心研究技法了。《画库》由140个故事组成，省里是按每个画家6个故事的工作量安排的。我市情况大相径庭，古代史部分48个故事由我们八人承担。我依据实际情况因人而异，让专画连环画的作者尽量多承担一些，给对连环画涉猎较少的画家留有余地，以在保证质量前提下按期完成任务。就这样，还是有个作者事后来找我，说他实在无法完成分配给他的画三个故事的任务，他只能留一个故事慢慢设法画出来。他私下里已与其他作者联系过，大家都觉深感压力大，无法帮他。"我只有来求你了，"他说。我心中暗暗叫苦！他是我一个画油画的朋友，出这个情况还是让我始料不及。我本来家务缠身，这样一来，8个故事，8个大都是未知领域的科技故事，只得边收集素材，边构思创作，几近把我逼到夜以继日的程度！该书出版后获全国第六届"五个一工程奖"。省协会在肯定镇江工作的同时，由吴秘书长和科协的人推荐我加入了中国科普作家协会。

2007 年，江苏省举办第四届壁画大展。在四届展览中，除第二届我回老家居住未参加外，其余三届有多件作品入选，两届获奖，又有作品入选全国第二届壁画大展。于是由省壁画协会周炳辰主席推荐，加入了中国壁画学会。删繁就简，想来无异议的现任只有中国科普作家协会、中国壁画学会、江苏省美术家协会三个协会的会员身份了。尽管听上去感觉似乎有点旁门左道的意味……人老了，照顾病妻已是 40 年有余，想法是早就没有了，就像大雨过后留在凹地水汪，平静地过那剩下的日子。

信口说诗

近日闲暇浏览余光中散文，疏于微信，以至于很晚才发现群里有"诗"！不好意思。数外甥畅游中原名山大川，心潮澎湃！只觉得想说点什么，于是便有了诗。诗是从心底里流出来的语言，叫有感而发。面对苍茫中原灿若星辰的圣贤，感之慨之，继尔又有了"西岳登顶方知险"的真切体悟。于是又联想到身处江南的我是谁？噢，原来根在洪洞（山东人有说祖籍来自山西洪洞县之说）。更有一位踌躇满志者，"功满勋得尘满衣"，自我感觉之良好跃然纸上。无情未必真豪杰，看路边过客，看如织游人，也似乎都在为自己的车技赞赏有加（自驾游）！大有"天下英雄谁敌手？曹刘"的英武之气。

诗言志，仅凭一股激情作出让人能记住他三句诗的当属刘邦。胜敌凯旋过邳县，在家乡父老面前，对酒当歌、涕泪泗流，吼出了三句慷慨激昂之言，即《大风歌》"大风起兮云飞扬，威加海内兮归故乡，安得猛士兮守四方！"这委实是一个成功的特例。不善诗的开国元勋作出了流传千古的诗句，大抵是情之所至之故。然而，道亦有道，诗最忌直白！有道是：人要直，诗要曲。诗要构思巧妙，有意境，有想象和比兴，要有韵律、对仗和诗的语言。试举一例《一只椰子》。如果用直白的语言来表达："抱个椰子走大道，天热口干舌又燥。摇摇里面咣当水，无奈壳厚喝不到。索性埋到路边去，让它长棵椰树苗。"就这么点故事，在诗人李小雨的笔下是这样的："一只椰子陪我上路，一只黄褐色毛茸茸的椰子（平平地诉说，椰子的形象呼之欲出）；摇一摇，里面，一片大海在翻卷（妙不可言），外面隔着厚厚的岸。椰子说：把我种下吧，明天，我将献给你一片海南！（想象力之丰富，意境之美尽显）"

众所周知，长江大桥是从两岸修造起，在江心合龙的。南化公司诗人叶庆瑞写大桥合龙是这样写的："当阳光擦亮每一根钢梁（擦字用得好），当最后一颗铆钉铆紧祖国的南方和北方。"这就是诗的语言，铆钉铆紧南方和北方，给予了你一个无限想象的空间。诗的语言简练而概括，简单的话语常常优美得让人回味无穷。三子和大龙在江心洲买的房，原本水中的绿岛已有大堤直通外界。其实江南水乡这种四面环水的地方挺多的，进出依旧得靠船。诗人沙白的笔下，没有浪遏飞舟，没有船的欸乃声，也没有惊起一片水鸟……请看："水乡的路，水云铺，进庄出庄一把橹。"再看："要找人，稻花深处，一步步，踏停蛙鼓。"人要实实在在，可写诗是不可以就事论事的，眼睛不要盯着要写的东西不放，要放开去。请看"巴特尔大叔，你今天放牧到哪片白云？山高、水深……"大叔回来了，抽出纸条卷烟，那是"卷起一天的疲劳"……

我有一个高中同班同学叫"家乡美"的群，大家星散各地，但个个在不同领域、岗位上，均有过一番作为。况人人能文善诗，文采了得。我加入后就像外甥们旅游归来，突然想说点什么，于是也就写了一篇，也叫诗吧。那可是"携半个世纪的酸甜苦辣，融重新聚首的一往情深"……

悼念爱君

　　细雨霏霏，心绪怅然。幽寂中仿佛传来爱君的声音："桂昌——"，悠悠乡音带有那种委婉的亲切。此刻，他已入土为安！在老家那片沙土细软的肃静墓地，一株古柳之侧……冬至凌晨，爱君突发心肌梗塞，在天津姑娘为他买的楼房里，就这么走了。儿子匆匆从北京赶来，不胜伤悲地遗憾。说他爸因先前无心脏病征兆，后悔没做突发急症的准备。唉！不必过于自责，孩子，这本应是他自己的疏忽。况且，退一步讲，有准备也只能是争取些许送医时间，而实际情况往往是复杂的，充满变数。

　　爱君辞世的消息传到"家乡美"群，顿时引起一片哀伤、一阵惊愕；犹如"晴天霹雳"，使人"不胜震撼，悲痛难抑！"是啊！"为什么好好的，说走就走了呢？"真是"天降噩耗，心在发抖，语无伦次！"悲凄之声，大有振聋发聩之势。这是怎样的一个群呀？实实的一个令人向往且心心相印、情谊甚笃的群体！爱君定是舍不得这个群，在他生命的最后八小时前，发给了群里最后一个链接《局座和"侣行夫妻"聊印度……》，这是他留给大家最后的一份关爱，一份心意。也给我们留下了无法弥补的遗憾和永久的思念！

1961年，我们从不同的中学考入诸城一中高中部六级二班。印象中爱君乡下的家中只有母亲和一个弟弟，同样也是那种对襟旧棉袄的贫寒。我甚至有些羡慕他黧黑健康肤色的瓷实，因为我年年冬季里手脚都会生冻疮，奇痒难耐。通常爱君的裤脚管仿佛比别人长，不顾扫着地的踩踏，习以为常地拖沓在脚后跟上。他学习成绩优异，是物理科代表。开班会，大家各自坐在位子上，由他一人站着介绍学习经验。其中有一条就是勤动笔，多做练习，用书写增强记忆。他大概想引用一个成语"好记性不如烂笔头"，可话到嘴边却说成了"好笔尖不如烂笔头，"惹得哄堂大笑。其实大家心里都非常明白他的意思，这就够了。也达到了班会预期的效果。

不久之后，他的这条经验，使我有了真实切身的感受。从古就有好友同榻而卧的故事，而我们男生宿舍则是大通铺并排式的同榻。只不过我和爱君相邻，似又更近了一层。已是初夏乍暖的时节，熄灯后，我便仰卧着眯起眼睛等待睡意降临。突然爱君的一只手搭在了我的肚腹上，手指划动着令人作痒。我有点不耐烦，心想这家伙搞什么名堂？正欲发作，霍然间明白过来，他是在默写俄语单词！他大概太投入了，觉得自己的肚皮已写满了，便越界写到我肚腹上来了……我承受了这份肌肤之痒，任这痒恣意地痒在了心里。五级里有一个考取合肥工业大学的王玉坡，是刘爱君的好哥们，于是他就把人生的第一个目标定在了合肥工大，终如愿以偿。

爱君从合肥工大毕业后，分配回了诸城。从当厂长到最后在市经委副主任的位子上退休。几十年兢兢业业、任劳任怨，有口皆碑。有同学说爱君"为人和善，心地善良，与世无争"。这个评价是中肯而恰如其分的。爱君的热情以及他重情重义的品质，使我们这些在外工作的游子受益匪浅。他到了哪里，哪里就是我们的联络处。同学间的联系，会面、聚会基本上都是由他张罗。1991年，我乘单位一辆日本三菱面包车带学芬和儿子鲁路回家探亲。我们回家后的第三天，在通往祝家楼方向的原野上，一辆小轿车奔驰而来，里面坐着张则芳、刘爱君、金铭、孟庆元四位老同学，他们是专程来探望学芬和我全家的。一股暖流涌上心头，使我们倍感亲切，深为感动！其后，我曾带鲁路到爱君家去做客。他爱人胡文芳更是一个待人真诚，热心肠的大好人。她大概听说了祝学芬的情况，特地去商店给鲁路买回了一双鞋，当场给孩子换上。爱君夫妇教子有方，那年正巧儿子刘辉考上了大学（姑娘也是大学毕业），正行将启程去学校报到，刘辉提出要带两瓶酒旅途中喝，于是在饭桌上，我旁听了一场父子二人关于酒的商榷。再后来刘辉考上了剑桥大学。连我们这些爱君的老同学也引以为荣。爱君对母亲至孝，早年就把母亲接到城里供养。特别在老人不能下床之后，夫妇二人更是悉心照料。爱君告诉我，说老娘有些糊涂了，指着床对面的墙壁，说要在那里开个门。爱君就上前比画着，开在这里，开到那里，用粉笔头画着，逗老人开心。

　　人生苦短。几十年匆匆而过。过往中与爱君的联络及谋面却也记忆犹新。2010年之后，我与学芬数度回诸城帝中海小住，从而得以与诸多同学会面。但无须预约而登门造访或造访不遇直接去潍河边寻我们的却只有爱君。最后一次是则芳与爱君到了我住的楼下，正巧我和学芬去潍河边钓鱼了。于是爱君就去河边寻我们，再一起打道回府。爱君是因将去天津来向我们辞行的，那天他穿一件粗横条军绿色汗衫，显得人格外精神和得体。归来后与则芳一起，老同学相聚，随意地吃些酒喝点茶，有一种尽情释怀的快乐。我回老家有种与生俱来的适应和亲切的舒适感。大饼、烧肉、小豆腐、鸡架子、老腌咸菜，样样都是对胃口的东西。骑自行车到吕兑转一圈，车筐里就什么都有了，物美价廉。家里来客人，前面有大酒店，后面有小饭馆。家中保洁，有与"阳光大姐"的一纸合同，根本都不是事。

148

前几年爱君搬了新居，在潍河南岸恐龙公园那边。只是我还没能去过，不知生活是否方便，他好像是不会骑自行车的。我回南京之后，在与同学通话时，也会问及他的情况，他毕竟血糖有些高。有次张瑞兰在电话里告诉我，说她最近还去看过他。"哎嚷俺那刘爱君大哥唻，嫂子犯了腿疼病，下不了床。他弄得比俺家里还乱。蒸馒头用那么个小锅，和的面也没发酵好，一副吃不上喝不上的样子……"电话那头传来吃吃的笑声，"他家养了个小狗，狗吃得比人好。"（笑声）啊！这就是我们的爱君。同学赞誉他"最具君子之风"，大抵做家务也是那种慢悠悠"谦谦君子，坐怀不乱"的做派。

郭西元有诗曰："燕约又清明，柳暗花残。"想走在潍河岸边绿草茵茵的小路上，雨雾蒙蒙，乍暖还寒。静寂中偶有柳梢上的水珠"吧嗒"一声滴落，在沙地上洇化开一片片的湿……孤独也好，凄凉也罢，爱君不会再来寻我，他走了，这回是真的永远地走了。

感君故事漫笔

狗是人类的朋友。关于狗忠诚于主人的故事，不胜枚举。早年卢君在一部电影中演绎一个英俊的边防战士，戏中与他相恋多年的女友（韩月乔饰），因贪图城市生活的安逸与他分手了。他带着失恋的痛苦和对相依相伴军犬的思念踏上了归程。留在军营里的军犬也因思念主人正备受煎熬。在那条宽阔的大河两岸，他们各自发现了对方，于是人和狗不约而同地冲向了奔腾的河流，最终在水流湍急的河中间相遇、相会、相拥；人揽着狗这忠诚的朋友百感交集，狗仿佛感应到了主人心灵的创伤，不停地用舌头舔主人的手和脸，竭尽所能表达着对主人的依恋思念与慰藉。此情此景感人至深！随着剧情的发展，在一次对敌激烈战斗中，千钧一发之际，军犬为保护主人的生命纵身跃起，用身体挡住了敌人射来的一梭子罪恶的子弹……至此，剧情达到了高潮，人与犬的情谊升华为一种至高境界！

我觉得现时的狗狗缺少了些原真和对主人坚定不移的忠诚。大抵宠物狗和宠坏了的孩子似的多没出息。然而这并不妨碍人对狗宠爱的愈演愈烈。有一年我回山东老家，一个晚辈在当地豪华的酒店设宴招待于我。灯红酒绿，他媳妇抱着小狗坦然入席，比抱着个孩子还心安理得。"狗穿衣裳人露肉"，已是见怪不怪了。前不久，小区里发生了一起狗狗伤亡的血腥事件。有位女士抱着她的小爱犬出门遛弯，飞扬跋扈惯了的小犬噌地一下跳出，狂吠着向一条大狗冲去。大狗腿短而身体奇长，扭动着肉滚滚的屁股在它主人牵引下，优哉游哉地东闻闻西嗅嗅，根本没把小犬放在眼里。小犬越发地被激怒了，扑上去龇牙咧嘴朝大狗发威，没承想大狗猛地一甩头就把小犬拦腰咬在嘴里！事发突然，猝不及防，小犬在惨烈的叫声中被救下送往宠物医院。伤势严重，血流不止，系贯通伤，须立即施行手术。就这样，主人花了三万六千多元手术医疗费，仍未能挽救它的小命。小犬因犯贱丢了性命，它本可以和大多数狗狗一样，继续过它富足而无忧无虑的日子。诚然也会有狗狗命运不济。早年有家邻居，系下放知青与当地农民结婚后一起居家返城的。他家孙子虐狗，家中时常传出小狗凄惨的嗷嗷尖叫，冷不丁让人听得毛骨悚然。这家人对孩子这种周而复始的施暴行为视而不见，听之任之延续着家教的缺失。

平心而论，20 世纪五六十年代，狗狗的地位十分卑微低下，日子大都过得凄凉。城里养狗的人很少，因为粮票按人头发，没有狗的份额。其实农村生产队也没额外给什么粮食，但家家习惯于鸡狗鹅鸭的凑合着养些，尽其所能量力而行。养鸡为生蛋赚个油盐钱，养狗为看家护院。在寂静的夜晚，遥闻深巷犬吠，反而给孤独夜行人一丝亲切的慰藉和温暖的意味。那年头狗忠于职守却并未得到相应待遇。狗窝永远是搭在院子某个角落的简易之所，地下铺一把零乱麦草，上面用木棍搭一搭，再盖些茅草或残砖烂瓦，只是粗略遮挡风雨而已。吃的又多是盛在破瓦盆里的刷锅水加把谷糠，油水是没有的。逢年过节，主人家吃肉丢弃的骨头照例是啃得很干净的，然而狗依然如获至宝，长时间叼着、嚼着，舍不得丢弃。"狗咬骨头干咽沫"大抵就是这个意思。最糟的是进入寒冬腊月，忍饥挨饿自不必说，村里还时常有人来买狗，"打馋狗唠——"一声吆喝，足以让全村的狗不寒而栗而集体躁动着狂吠。我初中时有个同学的父亲就是专门打馋狗卖狗肉的。这位走路像鹭鸶样伸着脖子的齐鲁汉子挟一根挽着绳子的磨棍，冒着数九严寒，走村串巷吆喝着买狗。绳子是套狗脖子的，磨棍是让绳子绕几圈使狗与人保持距离，以防被判了死刑的狗急了乱咬人的。要命的是，坊间还流传着"冷狗肉，热烧酒，棉花套子包指头"的民谣，这不是进而给狗狗们添堵，诱导着嘴馋的人类要它们的命吗？

狗的处境与生活，随着时代发展和人们生活水平的提高迅速得以改善，特别近几年竟有了质的飞跃：商店里陈列着精致美味的狗粮，有美容店是专为狗狗美容设置，还有随时可为狗类检查身体治疗患疾的宠物医院。五年前，爱君单独给我发了个与狗狗有关叫《相安无事》的故事，十分难得又饶有兴味得令人珍惜。故事发生的年代无疑距今相隔着些岁月的风烟，对于当代的爱狗人士来说，故事中狗的命运是他们情感上难以接受的。记得此文按其意改写后，在群里颇有些争议，一个养狗的朋友索性发来了一个"住嘴"的表情包。这正如"不能拿现在的政策去翻过去的案"，毕竟年代不同，更何况对一个故事也大可不必求全责备。今将故事附录于后，情之所至，更是为了对爱君那份难以释怀的思念、追忆所致。

《相安无事》狗狗常犯糊涂。在主人结婚的大喜日子里，狗狗深感郁闷、烦躁和失落：家里闹哄哄的，人来人往熙熙攘攘，"看家护院"的条款自行作了废，无缘由地被下了岗。更糟糕的是震耳欲聋的鞭炮声，炸得个小脑壳稀昏！狗狗归罪于新来的媳妇，便围着新媳妇狺狺地吠。新媳妇情绪正好着，满面春风，遂翘起兰花指朝狗狗点了点："这可是第一次噢！"过了些时日，新媳妇去库房舀粮食去加工。狗狗又犯了浑：觉得"仓储重地"是自己的重点防区，有必要叫新媳妇知道此处的重要和自己的职责所在。于是两腿前伸，弓着腰"呜呜"地发威！新媳妇把脚一跺，那脸便顿时拉了下来，伸出两个手指挥了挥："这可是第二次咾！"

狗狗颇犯踌躇，觉得新媳妇和主人关系很铁，又至少像联合国的常驻代表——不会轻易地离开了。同在一个屋檐下，自己以往的态度是否有些过分？于是狗狗决定找适当机会向新媳妇示好。又过了些日子，新媳妇在操刀剁菜，以便掺在饲料中喂鸡。狗狗觉得好笑：主人以往总是"咯吱、咯吱"地切菜，新媳妇却是"噼噼啪啪"一顿乱剁……狗狗开始犯贱，便扭着屁股走了过去，想提醒一下"菜不能这样剁"。同时想引起新媳妇关注自己后再使劲摇摇尾巴示好。狗狗"汪汪"叫了两声，没承想新媳妇一扭身手起刀落，狗狗当场毙命！男人从外面进来，正好目睹了这血腥的一幕，顿时目瞪口呆！一股无名火从男人心中升起，于是便破口大骂："你他妈的疯了？神经病啊你，它是个狗哎，你怎么这么残忍！……"媳妇一声不吭，任凭男人暴跳如雷。等男人骂声停歇，便竖起食指，点了点男人："你这可是第一次噢！"从此这家外号叫二愣子的男人便再也没有在家中发火骂人。日子过得顺风顺水，如一泓清泉汩汩流淌着，倒也相安无事。

爱君所传狗的故事，姑妄听之。其实我认为狗大致分为两

154

类，一是对人类对社会有贡献或有帮助的狗，如警犬、缉毒犬、搜救犬、导盲犬、猎犬，等等。这些犬的成长历程以及发生在它们身上的故事都是感人和值得称道的，这类狗退役后也应该有个好的归宿。二是单纯的宠物狗，对某个人来说，或许是某种感情的寄托，但对社会来说，实际意义不大，至少我是不感兴趣也不想恭维。

友情无价

西元无悔

在深圳美术馆举办的郭西元文人画艺术展，一百多幅画作，皆是郭西元先生坚守文人画文脉，呕心沥血之佳作。它使人们真正领略了文人画之精髓和其艺术魅力。站在郭先生的画作前，心灵仿佛得到了一次净化。看气韵生动，领略壮美山河亘古之空灵；赏八大笔意，感悟那份冷孤中恣意挥洒之意趣；数笔枯藤，似听蜂绕紫花之嗡营；画案书斋，似闻光透帘珑之墨香……淡雅的画面，古朴的印章，隽永的诗句，韵味十足的题跋。诗书画印相得益彰，仿佛浑然天成！达到此种境界，没有深厚的素养功力和文化底蕴是断然不可能的。

郭西元先生曾赠我"往事如烟"书作。那么，我们就从"往事如烟"中寻觅一下西元当年学画时的依稀足迹。真不知那些"提笔错字、别字层出不穷"的书画家们和那些"孩子成绩差就学美术"的家长们看过后会作何感想！

郭西元是 1963 年高二上学期才开始学画的。在此之前学校文艺会演时他因在一话剧中饰演解放军战士，相貌英俊潇洒而给人留下深刻印象。而后他的作文《三里庄水库游记》传阅到我们这个高三年级班里的时候，我才知道他太优秀了！德才兼备，既是班干部，学习成绩也一直名列前茅。他选择了学画，我们由此而熟悉。学画是艰难的。当时学校的这个业余美术组总共只有六七个学生，且来自不同的班别和年级。条件简陋，石膏像也只有两个半面像和一个叫《自负》的儿童半身坐像。高中的课程多，安排紧，作业亦多，我们必须利用所有课间时间写作业，中午更是边吃饭边写作业（作业本里时常夹有饭渣子），以便抽出多一点业余时间去画画。有一段时间学校规定学生要午睡，打一次铃，铃声响过便不准走动，不准喧哗，统一进入睡眠状态。西元与我约定，先假寐，待老师查过，铃声响过，便悄悄爬起去美术组画室，从后窗爬入室内画画（前门已上锁）……西元人聪明，悟性好，很快在构图、形体把握上取得长足进步，他似乎对线的应用与表现特别感兴趣。记得他曾去学校养鸡场画了几幅速写回来，鸡的动态生动，下笔肯定流畅，受到了老师的表扬和大家的赞许。

1964年，我考取南京艺术学院之后，西元向我提了一个要求，就是为他请一个高年级国画专业的学生给他以辅导。我为他联系了国画专业四年级的盖茂森同学，盖茂森不仅画得好，人也和气，欣然应允。那时候条件差，资料匮乏，西元是临摹了几张华三川画的连环画《白毛女》选页寄到学校来请盖同学指导的……1965 年，郭西元以专业第一名的成绩考入南京艺术学院。

值得庆幸的是，西元入校以来，以他的聪明、睿智和对艺术孜孜不倦的追求，深得陈大羽老师的赏识和赞许，得到了老师的真传。后来又得到过刘海粟老院长的指导与教诲。毕业后，在与著名书画家的交往中，又备受亚明、宋文治、林散之、武中奇等书画名家的熏陶与启迪。多少年来郭西元沉湎于传统文化、传统中国画的揣摩与研究之中，且笔耕不辍、博采众长，终于形成了自己淡逸古雅的文人画风格，在当今文人画之画坛上独树一帜。西元无悔！

浸在岁月中的诗情

许多人会有作诗的体验，在心血来潮的时候。但那抒怀大都会是豪言壮语，间或也有打油诗的。有人说，"哼唷"就是诗，总觉得这未免有些太随意太过于宽泛了。"最是那一低头的温柔，像一朵水莲花不胜凉风的娇羞"。这诗句一下子就使我记住了徐志摩，也记住了他在康桥上"挥一挥衣袖，不带走一片云彩"的洒脱与浪漫。用极其简洁的文字，把一个令人心仪的楚楚动人、含情脉脉的娇柔女郎描写得淋漓尽致，呼之欲出，这就是诗的魅力所在。

诗是人类语言与智慧的结晶，是抒发作者思想情感至高精神层面上的艺术形式。郭西元的诗是写在画上的。"石畔修竹知劲节，清风明月助题诗。"诗题在了画上，画融于了诗中。作为中国文人画著名画家，郭西元集诗、书、画、印"四绝"于一体是业界所公认的。品读西元的画，仿佛感悟到一种飘逸灵动诗意之美的意境和用心于无笔墨处的高雅。在画面偏右下方，低低地拖出两笔润润的濡墨，似两块露出水面的岸；在中间连一小木桥的左上方，似不经意间地随笔拉出了两片水文。而在画面临近置顶的左上方，逸笔草草，错落而简约地勾勒出三两帆影。使整张画大面积的布白，所画部分仿佛是纸面的点缀或边饰。两行题跋从右上角起落笔，洋洋洒洒压在了画面上。这就是郭西元题为《江畔》的画作；"江畔谁遗太古桥，雪帆片片去路遥。一从达摩归去后，彼岸风光影迢迢。"浩瀚、空旷，仿佛一片了无边际的水域通向了那空灵的遥远……

20世纪60年代末，我从南艺毕业分配至镇江，在一家百货商店劳动锻炼，算是"接受再教育"。至晚打烊后，空荡荡的店面及连通的库房就我一人值宿。是夜狂风大作，暴雨骤至，窗外的行道树在肆虐的风雨中疯狂摇曳，一种前所未有的孤独感袭上心头！"夜暗不见绿，风急雨骤。往事如潮眼前浮。未见先伤离别早，对纸无语。"这段话开启了我和西元书信中写诗学诗的互动与交流。翌年，西元毕业分配在南京长江大桥。他的劳动锻炼是爬大桥工字梁以实施对桥体养护。他曾把我带到江边，让我看他沿桥墩的预埋铁件手脚并用地登攀上去，再沿工字梁的凹槽徒手攀爬，翻过钢梁"米"字结点，又沿另一工字梁做之字形继续攀登……我仰面朝天，看着高空中钢梁上成为一个小点的人影，那心便一下子提到了嗓子眼！而后，这情景倒也激起了那个年代特有的豪情："头顶千里风云，脚踏万顷激浪。我们大桥工人，日夜奋战在扬子江上。"接下来的文字突然就有了点意思，"我们熟悉大桥每一颗铆钉，我们认识大桥每一根钢梁。"西元将此信稿示人，竟得到了有识之士的认可。于是他就在此基础上改写为长诗《桥工号子》，以我们合作的名义连同他的另一诗作发表在诗集《天堑飞虹》上。

"此地知有高隐在，我欲移家傍水西。"西元在担任大桥接待处处长后，曾与多位诗人结识、交流，使其在诗的思想内涵、意蕴、语言艺术诸方面有了更深层次的感悟。我也在与他的频繁交往中受益匪浅。"收起了击浪的橹，落下了鼓风的帆。"是西元在去过南京总统府西花园后，对我背诵的刻在太平天国石舫上沙白的诗。"橹本来是击浪的，帆是鼓风的呀！"他感叹地说。接下来"留恋池上的涟漪，水底宁静的蓝天。"他说这两句诗虽然美，可是说大船已不再乘风破浪，而贪恋享受那份静谧。"从风雨中驶过来的船，在这儿搁了浅。"至此，诗人对太平天国失败的那种遗憾，那种痛心疾首的惋惜、那种无可奈何后而愤懑之情，深深地感染着我们！这是一首长诗，西元当年竟也全篇背诵下来，我根据他的背诵来记忆，直到结尾"绣幕珠帘把长天遮断。"我读过西元推荐的沙白诗集《杏花、春雨、江南》，领略过"要找人，稻花深处，一步步，踏停蛙鼓。"的美妙诗意。交流中还有李瑛的《枣林村集》以及流沙河、李小雨、王辽生等人的诗作。

我开始尝试着写点小诗，也陆续发表了几首。如《金山印象》：

踏进奶奶，葫芦架下的故事，

童年的梦，幻化为一个绿的真实。

拾级而上，携缕缕长风；

青藤攀援，托片片希翼。

常想起，月色染就的朦胧画面，

风铃叮咚，流进漫漫星空里；

常想起，大江浪花中一首橹歌，

擦过塔影，印在游人心坎里……

当年镇江有一个八九人的诗的沙龙，以民俗文化专家康新民老师为首，只是要大家都写儿童诗。这个群体定期活动相互交流，大家相处融洽。曾由江苏人民出版社出版过儿童诗专集《朝霞满天地》。其间上海人民出版社出版了一本儿童诗集《一代更比一代强》，该书收录了自新中国成立以来的优秀儿童诗歌100首。我的一首《夏夜》入录其中，为我们这个群体争了一点面子。我的另一首儿童诗《野营曲》由汪秋逸先生谱曲，为小诗增添了音乐的翅膀。然而我渐渐明白在儿童诗这个领域内，是很难有什么建树的。恰似无源之水，我们早已没了那份童心。

西元写诗从开始就植根于传统的文脉之中，傍着画题诗，在实践中得以升华。他在陈大羽老师的悉心指导下学画，谨记刘海粟老院长教诲，在传统笔墨上下功夫。其后，他又得到了亚明、魏紫熙、钱松嵒、林散之、武中奇、费新我等著名书画家的启迪与熏陶。在诗、书、画、印上做足了功课，为以后的文人画之路奠定了坚实基础。西元博学，他的题诗总是有那种古哲意的意韵，与画面贴切而相得益彰。"题《送客图》：等闲写出送客图，送与不送两踌躇。送客争如客送好，身后云山有还无。"诗画相融，让观者随感悟渐入佳境。

2011 年，我回到心仪的家乡，闲居的日子舒缓而恬静。原野上那种特有的儿时就熟悉的气息让我有一种归属感的依恋。《小路》：

> 徜徉在家乡的小路，
>
> 被小风一再追逐。
>
> 暮色一片片落下，

挡不住春的脚步。

远离灯红酒绿的喧嚣，

叩问那离离小草的稀疏。

可曾留下猪崽花瓣式蹄印？

小推车吱呀滚动的轱辘。

可曾见鞭梢儿抡圆的呼哨？

父亲那袒露胸口的汗珠。

祖祖辈辈的故事哟，

无声地遗留在这片沃土。

网状的枯叶，牵动我落叶归根的幽梦，

梦醒时分，怅然不知归处。

随后在一个乍暖还寒的日子，我在潍河边沿绿草茵茵小路散步时，突然收到西元发来一条微信，顿时心的颤抖导致浑身战栗！半个月前西元在游泳时摔倒伤及头部，致颅内出血！做开颅手术后回家静养。这消息把我吓坏了！战栗与伤感使我想起严冬推老伴从河边走时的寒意。

"背侧吹彻透骨风，鸟雀乍飞不耐冬。独酌无心邀朗月，洒洒天边含泪星。"数日后，西元经医院检查，病情有所好转，脑部积液部分地吸收，他心情愉悦，信心倍增。"不忍离去笔未老，我归来后画常新。""山鸟立窗久，窥我归后书。"我回复他应景短句，希望他休养中静静感悟家乡的趣味，"泡菠萝方叶裹粽，抖梅蕊冻雪烹茶。"至月余，奇迹发生，积液完全吸收，基本痊愈！西元心情大好。"谁辟出金银福地，我绘就大好河山！"记得那天得此喜讯，我正伫立窗前，"远眺城外，小园含雨卧绿野；近临窗前，稚鸥戏水入画屏。"西元即复："远眺城外，不见孔明诸葛阁；近临窗前，却有刘墉板栗园。"

西元的聪敏还在于成诗的押韵和上下句对仗的工整。这在诗词延用于楹联中尤为明显。他为西藏象头寺，南极长城站等处书写的楹联书法，或刻制为匾额，或以书法陈列，都禁得住世人赏鉴和时间的考验。他为泰山后"玉泉寺"的题诗："岱岳风清，客去伏泉听玉韵；禅房月朗，僧来抱影悟金经。"意境清幽而禅意隽永。去年岁末，西元潜心于诗词的格律、韵律，认真对此进行了一番深入探讨与研究。他的诗词也仿佛进入了一个更为明晰、清新高雅的境界。"羡煞幽人数暮鸦，湖上荷开疏。""海碧疑迷，山青凝翠，孤影池塘。"他开始用《山花子》《浣溪沙》《忆江南》《卜算子》《折桂令》等多种词牌填词作诗，以抒胸臆。春节前他去南极旅游，写下了十余首诗词小令。干净明快，亦不乏幽默诙谐。从中可以感悟到他浓浓的爱国情怀以及对大自然的敬畏之心。"亘古寒光磨砺在，""银装包裹素蓬莱。"对极地的生命则表现出深深怜惜与关爱；看企鹅，"蹒跚行走酷如人，""它也仰头频看我，疑猜人自哪边来。"对《探雪豹》更是写得妙趣横生，让人拍案叫绝。"来南极，雪豹卧冰崖。不管来人唯喜睡，蠕腰挠痒雪粘花。睁眼日西斜。"在游览伊瓜苏瀑布时，"虹归晚，瀑溅前，"一只小蝴蝶历尽水雾蒸腾的凶险，落到了西元的手上，久久不去，翅翼一张一合，楚楚动人。让他激动不已！西元性情中人，这正是一个诗人所应具备的潜质。

西元希望我也尽快掌握诗的格律、韵律知识，并给我寄了学习资料。"而今写诗僧庐下，鬓已星星也。"不久前，西元牵头约了几个心怀坦荡的校友组成了一个小群，谈诗论画，随意交流。这使我想起了我的一首小诗中的句子"携半个世纪的酸甜苦辣，凝重新聚首的一往情深"。

诗的沉醉

"诗是流动的画，画是凝结的诗。"文字简洁易懂、明晰而流畅。然细一琢磨，毕竟诗与画是文艺领域两个不同的艺术范畴，于是就觉得问题没那么简单，越想似乎越发的有些深奥了。读郭西元的文人画，领略诗画相融的艺术境界，仿佛又觉得这话还是颇有些道理的。

知名画家王镛先生中肯地说："我觉得郭西元的画，超凡脱俗、高洁不染、格调高雅。看了他的画展，越仔细看越觉得他背后的文化底蕴越深。"名家之论，感同身受。2013年6月14日"郭西元画展"在山东青州书画城举行。在画展开幕的前一天，我从诸城驱车前往，有幸在布展停当的宽敞大厅里由西元伴我徜徉观展，领略他琳琅满目的呕心沥血之佳作。西元的画，题材宽泛，形式多变。既可领略烟云迷径、萧索寒凝、雾气弥漫山水横幅之寥廓、清寂；又能感悟那春意盎然、紫蕾乍放、数点蜜蜂萦绕疏藤花间之嗡营；既能观瞻意笔草草、淡墨濡润、朗月初升中迷蒙白马引颈对空之长啸；又可观赏昨夜微雨、晨曦初露，卧草蚂蚱抬腿瞬间蹬弹之意趣。虽画作盈室，然几乎每幅作品皆给人留下鲜明印象。其中尤以《睡时山花发》一幅，竟至数年之后仍萦绕心头。画面一老者枕臂伏案，睡眼惺忪，大抵是"浓睡不消残酒"之故。老者慈眉善目，秃顶，耳际鬓发蓬乱着松软，显然是一憨态智者。此画妙在整个画幅只画一头、一手、一桌角，其余皆虚化而省略，简约到不能再简的程度。桌角下沿之处题款为："睡时山花发，晨起空对月。郭西元写意，时客岭南，木石山房。"如此画法，见所未见闻所未闻。然而就是这简约的画面却给人留下了无限遐想的空间。老者沉沉睡去，可山野里的花却在悄悄开放，大自然并不因人的行为而改变其内在规律。想凌晨料峭寒意袭来，老者打一个激灵苏醒，清冷的天空中月牙儿淡淡地印在苍穹，迷蒙的山野间渐显斑斓着模糊的暗红……如此立意独特之画作，非有深厚的文化底蕴断不可能为之。奇妙之画作充盈着诗的意境，诗又拓展了画的想象寓意空间。

20世纪70年代，江苏省文联等单位集中组织了一批诗人为南京长江大桥撰写一本诗集。郭西元作为组织者之一和作者双重身份得以广泛接触不同流派的诗人，从而对诗的理解与写作有了更深层次的考量与感悟。在相当长的一段时间内，他在与我书信往来中谈诗，见面说诗，常常共同沉浸在诗的优美意境中，感悟诗人的智慧及诗的精彩语言魅力。"一个青椰子掉进海里，溅起一片绿色的月光。""隐隐的，远雷在天边滚过，诉说着热带地方，绿的故乡……"李小雨描叙海南风光的诗，仿佛让人身临其境，感同身受。而在另一首诗"椰子"中，则是"摇一摇，里面，一片大海在翻卷。"诗人丰富的联想使人产生共鸣，意象中仿佛椰子那影影绰绰轮廓叠印着一片蔚蓝的海……

　　古今中外，虽然诗词流派纷呈，但却共同具有富于想象、语言凝练而形象性强的特点。美国意象派诗人庞德用只有两行的短诗《在一个地铁站》，便从纷扰的社会生活中提炼出凝练的意象，优美而让人回味无穷。"人群中这些面孔幽灵一般显现；湿漉漉的黑色枝条上的许多花瓣。"英国象征主义诗人艾略特在《序曲》中写道："冬夜带着牛排味凝固在过道里。六点钟。烟腾腾的白天烧剩的烟蒂。""一匹孤独的马冒着热气刨着蹄，然后路灯一下子亮起。"诗歌以几个独特的意象，表现了那个时代西方资本主义社会某城市黄昏时的影像。让人觉得此情此景仿佛在啥地方见过似的，真实地横亘在眼前。诸如此类诗的意境似乎均可诠释"诗是流动的画"之说。在我中华民族浩如烟海的古典诗词中，仿佛更容易从中得以更为贴切的佐证。"枯藤、老树、昏鸦"，是写路边的一处凄凉景色。眼光移开去，顿时便有了些许轻松与快意，"小桥、流水、人家"。目光回收至眼前，"古道、西风、瘦马"，一幅惨惨凄凄的现实画面。"夕阳西下，断肠人在天涯。"在这日暮苍茫的悲凉氛围中，形单影只的"断肠人"踟蹰在远离家乡的旷野古道，给人以无限遐想，令人感慨万千。宋代诗人马致远仅用了 28 个字，就给我们营造出一幅令人荡气回肠、秋之萧瑟的流动画面。

陈大羽老师评价郭西元的画，"用志不纷，乃凝于神"。西元做学问，有一种"入林必深"的坚毅精神。近年来对古诗词研究与创作已渐入佳境。新作《浪淘沙·醉重阳》是流动的五彩纷呈的画，大有斜阳澹澹浓艳秋的意韵。"白菊紫轩窗，赤岸鹅黄，绿蒌蓝雀赭斋堂。登览又望乡，无限风光，寒蛩容易下垣墙。蟹膏满时先备酒，醉了重阳。"令人平添了一种超然出世、闲情逸致之佳趣。而另一首词之佳作《风入松》营造的一帧帧画面仿佛绘声绘色的真实秀美而隽永。"墙角柿霜如染，屋边寒蛩悲鸣。无心风去扫林亭，烟雨半山青。""山色徒劳残照，梦魂依旧秋灯。"妙语连珠，词意深邃，令人回味无穷。

回想当年作为南京艺术学院的莘莘学子，常听老师"走万里路，读万卷书"的教诲。想来老师所说，一是教我们要深入生活，诸如游历过祖国的名山大川，胸中自有千山万壑。二是要我们文化底蕴深厚，腹有诗书方能气自华。"画为心声"，画家一落笔，其素养学识尽显，由此"画是凝结的诗"也就成为顺理成章的事。这使我想起了郭西元留给我的那片"月色"。1995年初冬，西元到镇江看我。在我坐落在虾蟆院的那个颇有几分简陋的画室里，展纸泼墨，气定神闲地为我作画。只见他运笔不疾不徐、轻松地用淡墨勾勒出几片花瓣，蘸少许水调匀，用此更淡些的墨沿花边向外横扫，一朵透明娇嫩的荷花跃然纸上……阔笔写叶，再徐徐几笔拖出疏落荷梗，一幅题为《朦朦月色》高雅画作，奇迹般地呈现在我的面前。淡淡的、淡淡的，仿佛从心底里流出的一片月光……从此这画便一直挂在画室伴我，一片凝结着诗意的迷蒙月色。我喜欢这片月光，它常使我联想起朱自清的《荷塘月色》：在满满的月光里，白花袅娜地开着，田田的叶子上流泻着月光的流水，一切像笼着轻纱的梦……

若说"画是凝结的诗"，这在读郭西元文人画中几近随时可以感悟到的：《西池月上人归后》《云树微茫图》《洗砚写春雨杏花又江南》《春晓初觉露》《山逼画境新》等。其画作甚丰，不一而足。观者可尽情在郭氏画作中感悟体味那凝结于画的浓浓诗情。

又是秋仲，这使我想起了郭西元的一件精品佳作《董其昌诗意图》。此作当弥足珍贵。2011 年秋，西元头部意外受伤，需手术引流颅内积液。术后复查时，竟仍有医生建议进行第二次颅脑手术！就是在这样病情充满着变数，需绝对静养的恢复期间，西元竟画出了如此经典之作。按医嘱，他当时应以卧床静养为主，不可以有猛然、急剧的举止；不可以有较大幅度的动作，诸如挥毫泼墨大写意作画等，亦不能多用脑。按西元自己说法，他是"间时伏案习古，月余成此"。这幅长 210 厘米，高 78 厘米的画作，构图疏落有致，群峰叠出，烟云流润，画境深邃。山中飞瀑流泉、回流萦绕，汇入深溪。远山隐隐有寺，钟声杳杳；近处溪桥洲渚、疏柳泊舟，丛竹林舍相映成趣。正应了"案有黄庭樽有酒，少风波处即为家"的山林隐逸情趣。八年后的今天，重新审视此画，感慨万千。西元说："内中古溪、烟霞诚有仙气，或赴瑶池所见。"遂作词《点绛唇·董其昌诗意图》"岁月如梭，回眸辛卯瑶池去。王母勘误，又送回原处。归后濡毫，忆写仙源路，黄庭梧。落霞孤鹜，飞入思翁渡。"

此词颇具浪漫主义的色彩。想那王母在众仙女簇拥之下，游于瑶池。透过缭绕云雾，对跪在丹墀之下的阎王老儿，嗔怪道："汝系天庭老臣，世袭至今，怎的如此不思进取？出这等差错！此子为传承中华古国文脉而生，是断不可索回的。也罢，我帮你改过来就是，下次再犯这等低级错误，我决不饶你！"阎王以袍袖遮面，千恩万谢，诺诺称是。化作一阵黑风遁去……那解脱之魂魄围瑶池三圈后方渐渐离开，渺渺婆罗天，悠悠仙源路，薄雾相随，虚实相生，美轮美奂，恰似董其昌诗意之美境。近年来，西元对自己诸多画作，重新配以格律诗词。诗画相得益彰，愈加完美。且新词多有妙句，令人目不暇接……

读罢由人民美术出版社出版的郭西元《中国近现代名家画集》夜色渐浓。紫金山顶朗月当空，幽径迷蒙，于是便想起西元新作《南乡子、山家吟》"魂梦冷帏屏……古道僧来抱影行。"又想起他地处南国尚属幽静的小楼，此刻当是，"层层帘幕未遮灯，云破月来花弄影"。

别去步闲阶的诗人情怀

"薄雾浓云消何处，暗红为谁注？燕约又清明，柳外花残，莫作思乡赋。望君又是天涯路，到处伤离绪。别去步闲阶，夕照崖前，落叶空无数。"这是郭西元清明回乡祭扫写的一首《醉花荫》词，刊于 2019 年 4 月 5 日《中国画廊报》。

这委实是一篇感人至深的上乘词作。伤感而婉约，哀伤的情怀始终充盈在意象之中。薄雾浓云，柳外花残，在清明节特定的忧伤氛围之中，那点点暗红又是为谁开呢？莫不是为逝去的灵魂点燃的一瓣瓣心香？西元家的祖坟墓园在清墩水库边红石山上，步步石阶、索索落叶，满目伤感离绪，愁肠百结。有小风打着旋儿吹过，仿佛伴着亲人的魂魄，一股凉意从背脊升起，心凄凄然便酸酸落下泪来，甚至哽咽不能自持……"别去步闲阶"，就是这深切感受的哀伤喟叹。哦，亦曾伴君步闲阶，在母亲的坟茔前，西元长跪不起，七尺男儿对母亲的怀念与痛惜之情，也使我心里一阵阵酸楚着的悲凄……

对母亲的追忆总是伴随着郭家那个老宅小院，即政府已审

177

批为"郭西元故居"而得以修缮与保护的院落。宅院留存着艰难岁月侵蚀出的种种令人伤怀的细微印痕，旧有的墙壁上仿佛还浸染着几代人的体温。小院更是承载着母亲人生的艰辛、磨难及感人故事。母亲14岁时以童养媳的身份走进郭家宅院的。19岁生郭西元，在西元8个月时，她那身为地下共产党员的丈夫惨遭国民党还乡团杀害！孤儿寡母偕同老年丧子的公婆，凄凄惨惨戚戚。后来西元著文中称，"个中艰辛，怎一个苦字了得。"

西元5岁那年，母亲嫁唐叔，从此唐叔便融入了这个宅院。"四面风翻叶底花，催眠小曲绕窗纱。谁解慈母愁滋味？轻拍小儿月西斜。"母亲与唐叔生了6个孩子，至此全家11口人，生计之艰难，困顿之无助自是不言而喻。在西元为纪念母亲编辑的《怀念》一书中，我曾感言，"人们常常用平凡而伟大来形容母亲，可这个母亲伟大但绝不平凡！"她是用毕生心血、智慧和坚强毅力创造了奇迹：寒门出孝子，她的孩子个个知书达礼有出息，最终赢得了"四儿仨教授，一门八画师"的美誉。

我熟悉母亲的小院，永远整洁着的清爽与和谐，贫寒中充盈着一股坚毅刚劲的力量。1964年夏天的那个夜晚，我为赴南京艺考来到这个温馨的小院。在院落中间偏东的一边，西元侧身斜躺在一件蓑衣上，支撑起上半身，依偎在爷爷的怀里。爷爷身材高大，坐在板凳上，袒露着古铜色的胸膛，五缕长髯，用手指梳理着胸前孙子浓密的头发。骨肉亲情，此情此景，感人至深！

爷爷高寿。这是母亲和唐叔的功劳，他们待两位老人像对亲生父母一样的孝顺。使老人得以善终。爷爷仁德宽厚，让人尊敬而又令人有几分怜惜，他的音容笑貌铭刻在我心中，呼之欲出。曾冥冥中突发奇想，渴望着与他再见一面……遂不置可否地摇头，顿觉对他的思念，仿佛已留在了故乡长长的风里。

郭家的皇华红石山墓园是后来迁移至此处的，原来的墓地在三里庄水库边叫三里碑的地方。西元曾与我散步时去过，在离一片树林不远处寻到了埋葬父亲之地；衰草苍苍，寂静中突然有股冷风沙沙吹过，心情便顿时凝重起来。突然，西元说："不知怎的，我觉得特别亲他！"哇，太悲催了！这发自心底的肺腑之言，让人动容。这里埋葬着比我们当时还年轻些的父亲，这种违背自然规律的终极遗憾，让人扼腕叹息。

　　露珠如泪，垂在草尖上的晶莹；

　　串串滴落，湿润父亲年轻的唇。

　　小朵阳光，照透土层的朦胧；

轻轻洒落温柔，抚慰父亲伤痕的痛。

　　西元对至亲至爱的父亲并无印象，因为父亲牺牲时他大抵还没有形象的记忆。他在孙子郭子儒出生时曾做过测试，看八个月的婴孩能否记住点什么？结果是没有记忆的可能。然西元说："我还是希望能有点记忆……"

　　"谁言寸草心，报得三春晖"？仿佛有一种心灵的感应，又似是上苍的刻意安排，2012年季春，西元远离喧嚣返回故乡母亲身边。年前他头部摔伤术后仍需休养，于是便悄悄潜回母亲身边陪伴老人家达月余之久。我那时也在诸城，见证了这段十分难得的母子相伴的温馨与幸福的岁月。5月9日，我与西元相约去常山小水库钓鱼。先是风儿吹皱碧水，于是就漫步山麓阡陌，把芳草离离的小路弯了又弯。时近中午，我俩便在路边野店院中紫藤花下小桌边坐定，点了几样油炸蚂蚱、蝉蛹、哈虫等野味菜肴就餐。凉风习习，花香阵阵，心绪怡然，别有一番风味。而后西元驱车回家陪母亲，我开始垂钓。薄暮时分，我亦驱车到老母庙巷母亲与西元住处送鱼。母亲知道我会来，提前把饺子煮好，放在盖垫上凉着，以便打包让我带回去吃。母亲包的饺子皮薄，透着淡淡绿色的晶莹，咬起来"咯噔、咯噔"的筋道，那种久违了的香喷喷的有滋有味。让人始料不及的是，这竟是我与母亲的最后一次见面；三个多月之后，母亲与世长辞！

我伴西元步闲阶，蓦然想起与母亲最后一次见面的拥抱！是我拥抱了母亲？是母亲拥抱了我？而后，她又抓住我的双手久久不放，难道是冥冥之中与我的郑重诀别吗？心中陡然腾起一股悲怆。"草木含悲风呜咽，鸟雀惊鸣人凄惶。"西元至孝，每年清明时节必回乡扫墓。在这乍暖还寒，小雨淅沥的日子，仿佛记忆都是湿的。额发湿漉漉地沾在脑门上，不时有水珠滴落，如同心中的泪。"清泪尽，纸灰起，"落寞的忧伤，忍泪的悲凄，连同那雨中残红的凄楚，一并融入西元的《醉花吟》词，一首从心底里流淌出来的诗词佳作。

蹉跎·执着·抒怀
——郭西元文人画之路

（一）

郭西元拜师陈大羽教授学花鸟画，是我刚从南京艺术学院毕业时。在我之前的六六、六七两届毕业生的学兄、学姐们，分批次地去了泰州解放军农场，加入了那里大专院校毕业生劳动锻炼大军。六八届直接分配，"接受工农兵再教育"，就由接收单位依据中央文件精神自行安排。

工宣队已进驻南艺，翻开了"工人阶级登上上层建筑历史舞台"的新篇章。工人师傅们随即便安排全院师生到江宁农村边劳动、边学习，边筹划学校教学改革与发展的未来。大羽老师与郭西元的教与学，就是在此背景下拉开序幕。这种出于双方自愿、互为欣赏、师徒相授式的传统教学，自是有悖于学校惯常的授课方式和教改方略。好在这种半公开类似业余教学的方式对外影响不大。即西元按照老师制订的学习计划：研读史论、古诗词、临老师画作及其他古画本，临帖、临印、篆刻图章。按计划定期登门向老师求教、交作业；或观摩老师演示，聆悟老师讲解笔法、墨法、章法等笔墨之道。当年国画在艺术类院校是冷门专业，花鸟画更是不被人待见。像西元这样执着、刻苦、持之以恒跟老师学艺，且延续到工作之后的若干年，实是难能可贵。西元回忆说："那时候传统中国画到底还能不能存在，都成了问题。有人提出说它该进历史博物馆了。"还有人提出"要革毛笔的命"，诸如"笔墨等于零"这样的论述，竟也堂而皇之地刊发于专业学刊，轰动一时。否定传统国画的论调不绝于耳。

这期间我曾到省美术馆去参观过一次展览，刚登上二楼，就见正前方大厅中大羽老师和一位清癯儒雅老者在交谈，似是谈兴正浓。我颇犯踟躇：按说本应趋步向前去问候老师，可心里却又犯嘀咕，担心打扰了老师的谈兴。我正想回避，刚一转身，就听背后大喝一声"哪里去？"我赶紧回身向老师走去，顿觉那脸臊得已是热辣辣的涨红。"怎么？见了我想躲开？"老师直截了当地批评，"是不是看了《文汇报》上批判'大羽画鸡'的文章了？那可不是我这个大羽呀！"我有点蒙，亦甚为惊骇，遂弯腰深深地鞠躬，嘴里不停地"老师老

183

师老师……，我什么都不知道，刚才只是怕打扰了两位老师的谈话。"等我慢慢直起腰来，便看到了老师已是和颜悦色的慈祥。"打镇江过来？"语调中有一种释然的亲切，我忙不迭地连连点头。"在单位咋样？还好吧？"一股暖流在胸中涌动……

那时我正在镇江市市政路商店劳动锻炼，每天坐上店堂中半圆形吧台，一条条辐射状铁丝宛如章鱼的触须呈扇形伸向各方柜台：针织、服装、五金、日用小百货、文具、化妆品，不一而足。营业员填写好票据，连同顾客的钱一并夹入套在铁丝上的飞机形小夹子，手一扬，"唰"地一声打到我吧台前。我取下收款，该找零钱的找零，在票据上盖章，再夹回小夹子，"擦"地一下沿原路打回。一天营业结束打烊后，各柜台票据汇总扎账，与收银台货款核对，账款两讫。一旦出错，自是由我和老收银员师傅担责，这令我时常胆战心惊，如履薄冰！夜晚下班后，我独自睡在商店后的库房里，孤寂冷凄。老师寻常的一句问询，竟勾起我心头一种酸楚的委屈自怜的滋味……

但转瞬间我就想起老师"文革"初期那不堪回首的过往！老人经历了那么多事，却还在关心学生，实在让我感动。"老师？"我嗫嚅着说，"您的近况，我从郭西元那里基本都能了解。""哎！怎么？"老师显然有了几个分警觉，一脸地愕然，"他跟我学画，连你们在外地都知道了？"我咧咧嘴微微颔首，后悔刚才过于自作多情、直率而鲁莽，反而让老师多心了。事后，隔了些时日，我才在文化馆朋友那里看到了文汇报上这篇批判上海吴大羽先生的文章，吴大羽先生是油画家，艺术教育家，中国美协理事，当时就职于上海油画雕塑院。这类上纲上线的批判文章实在令人厌恶，然而当时的文艺界，可谓风声鹤唳，致使人人无形中仿佛萌生出一种自我保护意识。

其实大家都在关注着文艺界的动向与变化。那时在报纸杂志发表美术作品，必须是工农兵美术员（或工农兵美术学院）。专业人士的画欲发表，变通的办法就是请出位工农兵美术员为第一作者，本人名字方可凑合着列于其后。我那时刊发点画稿，如《我们也有两只手，不在城里吃闲饭》《斗私批修讲用会》等，属另辟蹊径，即《镇江日报》社美编让我以"本报美术通讯员"名义刊发。其实，最为行之有效的办法即集体创作，学革命样板戏集体创作的模式，以某某（其后冠以工人字样）美术创作组集体创作名义发表则更为稳妥。如此这般，概莫如是。国画人物画就是在这种情况下，以画浓眉大眼的工农兵形象以及样板戏人物为切入点，逐渐进入了人们的视野；画山水画的画家亦从画革命圣地开始，以画润染着霞光的红色革命山冈，使国画山水画看到了一线生机。唯花鸟画滞后着未见明显有效的举措。或许，坚持与等待也不失为一种无奈情况下的明智之举。

从艺之道，实践业已证明，急功近利者必注定成不了大器。跟风者，必随风而去。真正的成功永远属于那些锲而不舍有充分思想准备的人！西元多年来耐得住寂寞，任风云变幻，仍勤奋刻苦，跟随大羽老师学艺，一日不辍。从而深得老师的真传与精髓。印象中那时他喜用长锋羊毫或兼毫笔，随身背的挎包边袋里总是插着几支不同型号的毛笔，随时准备挥毫泼墨，一展身手。他确实笔力遒劲出手不凡，用笔用墨均颇具老师的风骨与神韵。

后来则正如西元所说，我们遇上了一个大好时代。及至70年代中叶，已任大桥管理处接待处处长的郭西元，在策划长江大桥桥头堡、大桥饭店等处环境布置时，将老师以及亚明、宋文治、魏紫熙、武中奇、林散之、费新我等一批书画名家邀请至丁山宾馆写字作画。从而得以与这些书画家朝夕相处。与名家做伴，自是耳濡目染，受益匪浅。这对于西元开阔视野、博采众长，日后在继承传统的基础上，逐渐形成自己文人画的风格起到了至关重要的潜移默化的作用。学画的人，要创出自己的风格是很不容易的事。在成千上万的画家中，往往只有少数人能在继承传统的基础上，前无古人地创造出自己独特的风格来。当西元落笔便似老师，以至于有时酷似到竟能瞒过老师的眼睛时，他感到了困惑，自然而然地想到了"脱"。即脱开老师画风而另成其貌。但这谈何容易！大羽老师说，"勿求脱太早"。他要西元按他的路子，学齐白石、吴昌硕，学青藤、石涛、八大演习传统，以求自然之脱。西元深谙老师教诲，顿悟道："求来之脱并非真脱。"继而联想到画家的风格，"风格是自然形成的。如有风格，何必去求，如无风格，求也无用。"西元坦诚的真知灼见，自有一种超然物外的彻悟与坚毅自信的洒脱。

1984 年，郭西元得到了一个到深圳大学执教的机会。在即将前往改革前沿的深圳之际，一股依恋的怅然若失的悲怆之感袭上心头。他久久地伫立江边，看着巍巍壮观的长江大桥和不远处绿树掩映的桥管处，那里有他的办公室和朝夕相处的同事。大桥那凌空呈米字形构架的工字梁上，有他下基层"接受工农兵再教育"时攀爬的足迹和洒落的汗水。继而想到自考入南艺至今，居金陵 18 载，虽风云变幻，终浸润江南文人之气。学艺虽艰辛，却也得到了诸多前贤的不吝赐教，遂刻苦研修，砥砺前行。一阵湿润的江风拂面而来，他霍然想起伴刘海粟老院长乘船游弋长江作画的情形。早年海粟老患中风时，大羽老师曾带他一起去上海探望。老人痊愈之后，曾数度来宁，每次自己皆陪伴左右。这位"提笔四顾天地窄"的国画大师，爱才惜才，为他书写了"博大精深"四个字，以寄厚望。并叮嘱他说："第一要博学，要博览群书，博习各种书体，博习各家传统；第二要大气，戒小气、俗气；还要把学问做精做深，力戒粗浅。"联想起老人作画时那手微微颤抖的情景，崇敬之情油然而生！老人家的胸襟气度及诲人不倦的精神堪称后人楷模。

当郭西元和他的文人画从岭南画派中脱颖而出，在中国美术馆为他举办个人画展之后，郭西元文人画艺术展又在深圳美术馆拉开序幕。深圳市政府，这座新兴现代化城市领导层决定将郭西元画展作品悉数收藏，从而开创了在世画家展览作品由美术馆整体馆藏的先河。人们开始惊讶地发现，原来文人画是可以这样画的！文人画竟是如此赏心悦目，有着如此高的艺术境界与品位。

文人画，顾名思义即文人作的画。应是由才华横溢、超凡脱俗的文人画家所作画格高雅清新之画作。如此定名亦是为了将画史中文人画家和画匠、画工区分开来。文人画发端于魏晋，成熟于唐宋，兴盛于元明，发展于清代及近代。原本文脉清晰的文人画，后来的发展却不尽如人意。及至20世纪80年代新文人画思潮兴起，开始偏重于个性的抒发和解放的精神追求，导致一些画作由高雅向低俗滑落。甚至给人以怪异、丑陋之感。究其原因盖出于这种类似漫画的作品大都品位不高、形式单调。如画中人物通常有头脸没面目，画景致山水屋宇则为稚拙而稚拙，勾勒如儿童戏。题款又多求变求怪，以掩饰书法功力不足的弊端。所题亦不过杜撰的几句打油诗而已。我在镇江工作期间，有个相处尚融洽在大学执教的画友，画文人画多年，还算有些名气。曾有客登门造访，一见他挂上墙的新作就大呼小叫起来，"啊呀呀，这么好的画呀！是孙子画的吧？孙子画得真棒"。记忆中早年丰子恺先生以他丰厚的学养，诗意散淡的情怀，创作出了一幅幅雅俗共赏的画作，给人以别开生面之趣。后来有画家纷纷效仿，终难出其右。然而这种"东施效颦"的一再演绎仿佛成了文人画的重要表现形式。如此颇为单调的繁衍，很是有些让人乏味可陈。

（二）

郭西元文人画展的极大成功，仿佛为沉寂多年的文人画派打开了一扇天窗，如瀑布般嫩暖的阳光一下子洒满你全身，使人心旷神怡，豁然开朗。郭西元在文人画领域取得的骄人成就和做出如此贡献，得益于他的博学多才和对传统国学的潜心研读，以及他本人深厚的文化底蕴。中学时代的郭西元就是一个品学兼优、成绩优异的高才生。他的作文曾数度被老师当作范文在班级讲评。西元文笔清秀、文风犀利，修辞严谨。善于将古典语言与现代白话文有机结合，典雅而朴美，这在他的《回归中国》和《郭西元文集》等著作中，读者尽可领略他才华横溢之文采。他在出版的一书自序中写道："余幼丧父，家贫，衣食常不继。孤儿寡母，又有年迈的祖父母，个中艰辛，怎一个苦字了得。所幸家母不弃，困境中教以读书礼数。"文字简洁，字字珠玑，寥寥数语，层层递进，一个贫寒、忠孝礼义之家跃然纸上。读来让人心酸，一种怜惜中掺杂着敬意的心情油然而生。1989年，西元在出版的一本画集扉页上题道："在这里，说什么都是多余的，因为，画是赤裸着！"区区一十八字，一下子就攫住了读者的心，这就是西元的睿智和他文字的魅力。

有个诸城籍文学青年，一位在文学园地里崭露头角的小老乡，十分崇拜郭西元。著文将西元比作鲁迅先生式的人物。他文中不无自豪地说，"浙江（绍兴）出了个鲁迅，诸城出了个郭西元"（大意）。众多有识之士普遍认为这样比喻有些欠妥，一个是文化革命先驱，一个是当代著名画家，没有可比性。然而这青年的认知亦非空穴来风。这不由得使人联想起郭西元的《中国美术观首先是"中国的"——论素描不应成为中国画的基础课》等系列论文。新中国成立之后，美术教学基本上照搬苏联老大哥西式教育的那一套，即契斯恰科夫教学法。于是，素描成为一切绘画的基础。高等美术院校的学生入学后，先学两年的素描基础课，再按专业分类学习。如此培养的中国画专业学生，基本上就是用毛笔和国画颜料在宣纸上画素描。这就是郭西元所说的"中国画西化倾向"。在他看来，满脑子都是素描三大面五调子理念下画出的国画，怎可能有笔墨情趣？与基于笔法、墨法、章法的传统中国画是断不可能同日而语的。张仃先生曾说，"笔墨是中国画的底线"。现在连底线都不要了，中国画的现状与前景令人堪忧。

郭氏这番理论的有关文章在《中国书画报》刊发后，引起一片哗然。这种在中国画教学上摒弃素描为基础课的理念，无疑触动了若干人的神经。新中国成立70多年来，素描被作为一切绘画的基础几成铁律，根深蒂固（直到现在仍无被撼动之迹象）。今突然有人说，这个基础是错的，是一个误区，这无疑很是有些冒天下之大不韪！素描的卫道士们自是大惊失色，纷纷发声，一场争辩在所难免。面对种种责难与质疑，郭西元选择了最具代表性辩文作者华先生作为答辩的对手。华先生不愧是代表性人物，据说其本身就是书画报社从事美术理论研究的资深编辑，且详细占有材料。果然，争辩初始，华先生便很是有些锋芒毕露、咄咄逼人，说取消素描基础课，"不仅是错误，也是荒唐可笑的了"。随后便急不可耐地使出了杀手锏，说郭西元"质疑，否定徐悲鸿素描为一切造型艺术之基础理论"。操之过急的华先生大抵以为胜券在握而颇有些得意地说："真理毫无疑问地在徐悲鸿先生一边。"按说，这一招果然厉害，一下子就使郭西元不得不首先面对大名鼎鼎的徐悲鸿先生之论了。西元淡然一笑，调侃道："我想，如果真的真理毫无疑问地在徐先生一边，那你还在这里啰唆什么？"于是你来我往，引经据典，唇枪舌剑！高手过招，精彩纷呈。就这样先后在《中国书画报》上进行了四轮精彩的辩论。让华先生始料不及的是郭西元对画史、画论的深刻理解与融汇贯通。他不仅对历代画家如数家珍，对现代画家如张大千、刘海粟、徐悲鸿等也进行过深入细致的研究，对其风格理论也做过认真的分析与探讨。

华先生实在是低估了自己的对手，他以为郭西元不懂西洋美术史，甚至以为他不懂素描，不懂近大远小、视平线、消失点之类，便妄说郭西元对素描采取"鸵鸟政策"云云。可他哪里会知道，早在 20 世纪 60 年代，西元在报考南艺时，他的素描考卷成绩竟在芸芸考生中拔得头筹，是他们那一届名副其实的艺考状元。有着系统扎实的素描理论及功底。而华先生则把透视学知识与素描混为一谈，绕来绕去，倒是自家弄乱了阵脚。最终，西元总结道，"道理非常简单，中国画和西洋画是两个完全不同的文化体系，有着完全不同的审美取向和标准，用西洋画来改造中国画或者用西洋画的基础来作为中国画的基础，是匪夷所思的事"。这场辩论，以华先生很是有些绅士风度地服输而告终。至此华先生心悦诚服，与郭西元成了朋友。

当年西元遵从大羽老师教导，在画论和古典诗词上下足了功夫。徜徉于几千年中华文化精髓的古典诗词之中，感悟古代伟大诗人的智慧、品格、襟怀和修养，不仅陶冶了情操，也使得心灵得以升华。"参禅茶熟悟真，临书习画修身。残月临窗处，笔底景异花新。""习画思量六法，学书捡点平奇，兴起挥毫三四笔，情去推敲半句诗，焚香临汉碑。"西元言辞秀美，格调高雅的词句，彰显了他在古诗词领域深厚功力与造诣。从中亦可感悟他修身养性生活之痕迹。在众多接触过郭西元的人中，大家普遍的共识是他为人举手投足间体现出一种超凡脱俗的文人气质与韵味。这也正是郭西元文人画气韵生动，雅逸悠然，颇具"士人气"之根源。

西元精通古典诗词的格律与韵律，他试用各种词牌撰写了大量诗词，近年来更是时有新作见著于报端。其所著甚丰，常令我们几个朋友目不暇接。"朔风初试柳梢寒，西院落霞闲。卷帘远望黄昏近，事万千，谁托杜鹃？清韵仄平推敲，握毫皴染云烟。"我们时常为他优美的诗句，曼妙的诗词意境所感染。这是一种沉静中慢慢体味却又无以言表的美的享受。他的诗词越来越进入一种超然儒雅、禅意隽永的高境界。与其他诗人所不同的是，作为画家，他的诗词除了用字精妙，而意境也更为宽泛，从而更具美感。以至于透出一种色彩纷呈画面之美。"风从绿树梢头响，泉向红崖缺处喧。门外霞明悬落日，屋前花暗隐寒烟。"在《七律·炉边茶话》这四句诗中；绿树、红崖、霞明、花暗；风响、泉喧、落日、寒烟。对仗之工整，遣词之曼妙，令人叹为观止。清晰地为人们展现出一片有声有色、清幽娴雅、远离尘嚣、令人心仪的山居画境。"柳丝难耐初冬寂，隔岸频撩微冻泉。"仿佛是对心仪家乡景物之移情，直击心灵中那份妙不可言的回味与感动！

文人画倡"书法入画"，郭西元深谙此道。《晨曲》是他的一幅极见功底的画作，画面上古藤盘屈错落，倚傍奇石，紫花斜垂。十六只麻雀或栖或飞，或俯或仰，仿佛在晨曦中喊喊喳喳，一片生机盎然。画面题款有"书画同源，古藤或有篆意"之句。书法入画，篆笔入画，莫过如此。另有一画，西元索性题名为《草书之幻》。意笔草草，走笔龙蛇，直抒胸臆的数枝枯藤，点缀着扶疏的嫩叶和零散的紫花，藤耶？书耶？令人如痴如醉。笔意离不开墨色，笔因墨而留痕，墨附笔方出五彩。

西元作《干裂秋风》图，以淡干笔拖出交媾菜梗，枯干浓墨扫出菜根，湿淡墨濡染菜叶，干笔点出三几小蘑菇。题曰："干裂秋风，润含春雨，言尽用墨之道，此幅似有得焉，识者辨之。"由此，西元对笔墨的理解及功夫可见一斑。

大羽老师教西元书法，从识篆、临篆开始，依次楷、行、草，循序渐进。后师从武中奇老，武老则安排他从颜真卿入，认为颜体大气，用笔重、留，担心其入恬弱之气。西元学书条件可谓得天独厚，大羽老师书体的潇洒沉雄、大气磅礴；武中奇老的俊逸刚健、遒劲朴茂；费新我老的蕴籍敦厚、跌宕多姿，以及被誉为"当代草圣"林散之那古意盎然、大美如幻的草书，都给郭西元以心灵的浸润。诸位书法大家均曾对西元面授技艺，不吝赐教，使其获益良多。1981年，郭西元加入中国书法家协会，成为"文革"后书法界江苏第一批次的国家级会员。郭西元的书法，以篆书、行书见长，讲究运笔、结体、行气。他兼取诸家之长，逐渐形成自己刚柔相济，洒脱自如，气韵贯通，体势多姿，遒劲而气象开阔之风格。

众人欣赏西元书体之美，对他的印鉴亦赞赏有加。1985年，西元到镇江看我，为我作《濛濛月色》图。画完后没带印章，我便去书协吴玉藻老先生处讨得一枚石料，供西元临场制印。只见他左手捏石，右手执刻刀放刀直取，刀法之娴熟令人眼花缭乱。1993 年 9 月，我收到他寄来的《郭西元印谱》一书，附信曰，"桂昌；印谱似未给你，我已记不清了，真是成天忙忙叨叨，不知弄了些什么，谱中竟然没有你的章，这也是遗憾事。哎！西元又及"。后来西元作《也有石印愈三百》图，画面错落有致，林林总总共画了十八枚印章。所画之印或长或短、或圆或方，或肥硕而墩实，或瘦狭而修长；印面则或半残、或方整、或朴拙、或灵秀而各具其态；文字则是或甲骨、或钟鼎、或篆籀、或扑形而相得益彰。西元用篆书题，"也有石印逾三百，未敢人前称富翁。"遂题，"丙申冬，集吾制闲印，为数不少，因得此句，知白石翁有三百石印富翁印，因戏题此，非轻狂之论，识者鉴之。"又题，"治印之道，力追秦汉，方寸之间，万千气象，有时捉刀似有神助，白石翁有（鬼神使之非人功）之谓，难矣哉。"西元治印之道，制印之数已亦步亦趋步白石老人之后尘。

　　文人画崇尚诗、书、画、印四绝，这也是文人画的四项基本构成要素与画之魂魄之所在。郭西元在四绝的任何一项中，均为出类拔萃的佼佼者，这也是他作为当今文人画派领军人物而立足画坛独树一帜的缘由。读郭西元的画，要心平气和慢慢品味，一股雅逸悠然，温润而洒脱的文人气息会扑面而来。他的画，花鸟、山水、人物各具韵味，均达到一种高品位与高的境界。画面笔墨交融，蕴含着那种高洁、儒雅、清新的书卷气。从而颇具大家气象。有人冒昧地把他和大羽老师比较，说，"和他的老师陈大羽相比，他的画更加清秀和富有意趣，也更加自由和洒脱。"又说，"我觉得他的东西有更多中国文化的书卷气，也更加内敛一些，精神的东西更加纯化一些，可以看出他非常广泛深厚的文人画修养。"大羽老师德高望重，是齐白石的弟子，近代书画大家。想到他，他那笔力雄健的大写意花鸟画和融古人狂草意态、以篆书笔法出之的草书，便一帧帧浮现在眼前，美轮美奂。我从来没想过将他与什么人相比！今有人把他与西元相比，且言之凿凿。细细想来，竟也不由自主微微颔首，"嗯"了一声，亦算是不动声色地认了可。

（三）

岁月悠悠，时间可以冲淡一切。文中所写先我毕业的学兄学姐们到泰州解放军农场劳动锻炼事，本也是一笔带过，云淡风轻。可我断定有此亲身经历的校友们将对这段历史终生难忘！我分配镇江工作之后，他们仍没结束锻炼之迹象。偶有来镇江与我相见者，一袭旧军装，赤脚穿解放鞋，挽着裤脚管，黝黑清癯的脸与裸露的酒红色肌肤，印证着田野上繁重体力劳动的艰辛。天空飘过几朵彩云，几位校友有幸被借调到镇江小衣庄部队帮军营画画、布置展览。部队领导举办茶话会以示欢迎。当开水冲进一个个放有名茶"毛峰"的透明玻璃杯中，这精品"黄金芽"便缓缓地舒展开细嫩叶片，一根根袅袅娜娜竖立于杯底，形同一片绿莹莹鹅黄色的草儿悠悠摇荡。一股沁人心脾的清香慢慢弥漫开来……很是让来宾有些受宠若惊。随后的日子，便是顿觉舒适、很快适应。工作轻松而惬意。远眺青山如黛，厅内则窗明几净，风儿细细，边画着画儿，边摇头晃脑着的心旷神怡；"树上的鸟儿～成双～对～"有同学忘情地开唱，接着就有同伴激情回应，"绿水～青山咹—"声音戛然而止，众人幡然醒悟！惊恐地伸伸舌头，遂面面相觑。时值"文革"中期，"文革"前这类文艺作品统统冠之曰封、资、修文艺黑线上的"毒草"之类，只有批判的份，是万万唱不得的！然祸从口出，大意失荆州，一切已无可挽回……好在此事件仅仅被定性为"小资产阶级情调"，遂将几人一并又送回农场，继续参加那里的农田水利建设，挖水沟亦挖思想根源……

至于文中描写小商店营销过程，这似乎更有些节外生枝扯闲篇了。但为了写美术馆邂逅大羽老师，我还是心甘情愿不惜笔墨做如此铺垫，因为这次与老师的不期而遇太让人感动，太突兀、太震撼、太不寻常了！《文汇报》批判的那位画家吴大羽先生与大羽老师有太多相似之处。名字相近易混淆，年龄相仿，且都是中国美协理事，美术教育家，只是一个是国画家，一个是油画家，专业不同。造反派对这样的一个画家批判，仍匪夷所思，上纲上线，依旧"欲加之罪何患无辞"的套路。这足以让画界人士寒心而唯恐避之不及。唯老师对此泰然处之，依旧谈笑风生，毫不避讳。那种单刀直入的大气、君子坦荡荡之风，让人记忆犹新而由衷敬佩！实际上，那时大羽老师一直处在风险之中，只是给人一种心性豪迈，任尔东西南北风的感觉罢了。后来有材料证实，"四人帮"批黑画，大羽老师榜上有名且首当其冲。那时节，倘若学校有人跟风发难，那将是很糟糕的事情。倘如此一来，必然牵扯到西元学画的事，弄不好给老师添了新罪状，西元也脱不掉黑线黑苗子的干系。这就是我在行文标题上用了"蹉跎"两字的原因，蹉跎岁月是也。

文艺界的复苏应是在 1976 年粉碎"四人帮"之后。然坚冰虽破，消融尚需时日。人们按惯性生活，一时间竟也不知所措。郭西元不失时机地以长江大桥桥头堡、大桥饭店等处环境布置为由，将大羽老师以及亚明、宋文治、魏紫熙、武中奇、林散之、费新我等一批书画名家请至丁山宾馆，写字作画。这实乃放了个大招，做了件大好事。昔日备受冷落、被批判的"老朽"们得到了尊重，找回了自信，一个个心情愉悦，乐此不疲。西元说，这批人创作了大量的书画作品，以至于他离开南京赴深圳时，有大宗书画就留在了大桥管理处，后不知所终。在这期间，西元与老人们朝夕相处，随时联络，解决其所需所求。老人们对西元皆多欣赏，遂不吝指教，成忘年之交。日后这些名家有什么交流或学术活动，也总会请西元参加。在那个特殊年月，西元利用工作之便，为这批书画家提供了一个舒适、愉悦的创作环境，也为自己营造了一方得天独厚的学习平台，从而开阔了视野，使书画技艺有了长足进步。这也是西元睿智，聪明及过人之处。

我写郭西元文人画之路，题目本身就有些宽泛，委实有些力不从心。因工作及家庭的诸多原因，多年来，我仅在壁画设计方面做过一些努力。平心而论，确实设计成功过为数尚多的不同材质壁画。并遍布江苏、山东、安徽、河南等地，其中也不乏省级以上展览及获奖作品。然而，对于中国画却只是一般性涉猎而已。仅凭我对西元的了解与感知来写此文，文字必然有些单薄，故请大家涵谅！初见《西元文化》发文稿时，见标题有"大家回忆"字样，吃了一惊！哪来大家？继而又想大家也许就是大伙儿的意思吧，遂哑然失笑，顿觉释然。

割舍之殇（后记）

《蝉鸣》文稿。最后一文完成那天，恰逢老父亲四十周年纪念日。妻一再提醒，在父亲遗像前上香，摆些供品，寄托哀思。父亲的坟茔在千里之外的故乡，荒岗冷月，是我数度回去凄然面对的伤心之地。"想你，一缕青烟；疼你，一缕青烟；依旧寒风衰草，唤不回记忆的从前。任凛冽的白毛风刮过，寒彻入骨，嗫嚅着诉说真实的磨难。不再向你隐瞒，亦无须向你隐瞒。"

当初灾难袭来的时候，父亲在我身边。妻突发产后风入院，高烧、昏迷、抽筋、生命垂危！翌日，南京姐夫来镇江医院探望，这位资深港口医院主任医生把我叫到僻静处，"已经是沈氏呼吸，没有希望了，赶紧准备后事吧！"他顿了一下，"孩子我和你姐帮你养，至于你，另做打算吧。"我已经呆呆傻傻的麻木了，医院里两天下发了三次病危通知单。可怕的并发症一再来袭，妻又添肺部感染新症候，病床前又配备了吸痰机。唐山大地震让世人震惊，也使多地变得风声鹤唳、草木皆兵。医院接市政府抗震指挥部紧急通知，上午九点半之前所有病患者一律撤离病房，撤到大内科楼前那片长有稀疏小树的空地上。失去了治疗设施和仪器支撑的危重病人，躺在小钢丝床或担架上，横七竖八地暴露在盛夏火辣辣的阳光下，急切地等待着医院搭建防震大棚的竣工。我撑把小伞为妻的头及胸部遮阴，可她的喉咙又被痰堵住了，脸憋得乌青。我慌忙俯下身去，口对口地把那口浓痰吸了出来……父亲不知啥时来的，已站在我身后，见证了他儿子极其狼狈的时刻！

父亲是众多亲属中第一批次跟我内弟回山东老家的。那天我抽空回去送他，众人送至楼下门口挥手告别。内弟便在前面走，父亲跟在后面。我悄悄尾随父亲，依依不舍，一种大难临头后的无奈和难以割舍的亲情紧紧地攫住了我的心。父亲换上了他在老家时穿的一条大腰旧白裤及对襟小褂，赤脚穿一双有点破损的旧布鞋。这身装束，还是母亲在世时为他缝制的……走出约百米时，父亲突然停住脚步，回转身来，目光散乱地望着我头顶的天空，把脚一跺："我这不是回去了一个光腚子吗？"是啊，一年前我回老家接他，把他从冬到夏一应衣物打包背来了镇江，发誓留他在身边孝敬他，给他一个幸福的晚年。谁知铮铮誓言在一夜间便被现实击得粉碎！人啊人，原来这信誓旦旦是如此的脆弱与不靠谱……我走到父亲面前，拦腰抱紧他使劲往上一举，他双脚便离开了地面。我又慢慢地往下放他，他裸露的前胸与我破汗背心露出的胸肌贴紧着下滑，当他的胸口和我的胸窝相对的瞬间，竟发出了"噗"的一声……哦，这难以割舍的骨肉亲情，这令人心碎的切肤之亲！谁知这竟是我和父亲的诀别。四年之后，他在老家溘然长逝。

妻活下来是被传为奇迹的。那天小护士按惯例输液给她扎针头时，植物人状态的妻，手突然平移了一下，惊恐中的小护士"噢"的一声喊，引来了其他医护人员。在众目睽睽之下妻慢慢睁开了眼睛，茫然四顾，仿佛她来自另一个世界。军旅出身的老院长也闻讯赶来，兴高采烈地说："今年我们医院出现了两个奇迹：一个是外科那个大脑去了半边的人竟活了下来，再一个就是你们内科这个产妇。"主治医生为醒过来的妻做了较全面的检查，在病历上写下："全身软瘫、失语、无吞咽动作。"真实记录了妻当时活下来的生存状态。双方家庭的来人陆续地撤走了，剩下我和小妹伴妻走上了漫漫求医之路。从一家医院转到另一家医院，再转下一家医院……父亲也在我大姐和二姐转来转去，他回山东后，就由我两个姐姐轮流赡养……

1979 年秋，儿子鲁路三周岁多一点，我让人带他回山东老家去看望他的爷爷。耳聋的父亲坐在大姐家的炕上，见家里来了个孩子，有些纳闷。便问："这是谁家的孩子？您看长得这个俊呦。"大姐就趴在他耳朵上大声说，"是您孙子！""噢——"一声凄惶着拖着长音的变调，随之便是老泪纵横……"哎唏，我这是咋啦？"父亲拽起衣袖擦着浑浊的老泪，"俺的孩子回来了呀！"随后，他就想伸手去触摸孙子。鲁路看到一个胡子拉碴有些蓬头垢面的老头伸手来拉自己，惊恐得像一只小鹿"噌"地跳起，一下子扑到了刚认识不久的大姑怀里。大姐是那种持有"宁肯自己绝了后，不让娘家断了根"的老观念的人，此刻她紧紧搂抱着娘家这一脉单传的侄儿百感交集。等孩子平静下来，她就指着炕上的父亲说，"路儿，这是爷爷，是你爸爸的爸爸，他亲你，喜欢你，你过去搂着他的脖子亲亲他。"大姐夫在旁边也一个劲地鼓动，"好孩子，去亲亲爷爷！"只见鲁路深吸一口气，屏住呼吸，把头扭向一边，猛地扑向前用力搂紧了爷爷的脖子……此生情缘，尽在这一抱之中，这也成了鲁路与他爷爷的诀别！

鲁路走后，父亲越发显得心事重重。有人发现他时常在村前的路上来回踱步，长吁短叹，自言自语："嘿，这怎么好呢？孩子还小，他娘还躺在医院里……"老人用半握的右手背击打着左手掌，很是有些无可奈何。思谋了些时日，父亲决定卖掉老宅房子以资助儿子一家（其实那个年代，农村的房子卖不了几个钱）。主意既定，他就隔三岔五地回到自己村上，站在村口凛冽的风里，逢人便问，"哪家要买房子？"碰到熟人就说，"你帮我打听打听，看哪家要买房子，我便宜卖给他。"行人向他摇摇手，表示没人买，渐渐地有人开始绕开他走了。天气越来越冷了，父亲大概仍想去碰碰运气。我的一个同姓远房兄弟朝父亲喊："三大爷，回去吧，你看这天快要下雪啦！"他见周边无人，又快步走到父亲跟前，"你别来啦，三大爷，你要真卖房子，得把镇江我哥叫回来。你自己卖，无人敢买你的。"父亲那天有没有听清已无从考证，但他开始往回走了，他凭经验就明白，这天没准儿要捂下一场大雪来。冬日里荒凉的原野上，前一场雪还没来得及融化，麦田里、田埂上高低错落、参差不齐地覆盖着斑驳的积雪。使人想起油画家王沂东画的《暖冬》，在雪后的日子里，一个农民兄弟身穿厚厚的大腰棉裤和棉袄，倒背着手从村头走过，敞开怀的棉袄使他整个的前胸裸露着。父亲棉袄扣袢向来是闲置的，只是他腰间的搭布勒紧了，致使衣襟向上兜揽着地岔开着。下雪了，纷纷扬扬的雪花，打着旋儿轻易而举地绕过衣襟钻进父亲的怀里。六角形的雪花像江湖武林高手的暗器，一片片斜斜地插在老人胸肤上，旋即融化为一滴滴晶莹的水滴，向肚腹流去，造成一片濡湿……雪越下越大了，飞舞着的雪花把天地间搅成一片迷蒙。父亲进入北天涯，沿着依稀小路踽踽独行。在茫茫的雪雾中，父亲看到前面有个模糊的身影，一个佝偻着腰的老者：老棉袄的大襟长长地啷当着下垂，破棉裤上，套着一条叫衩裤的双腿过膝开着裆的皮裤。手中握一竹扫帚。父亲吃了一惊，心想这不是"四猴子"四叔吗？便喊："是四叔吗？你这是干啥去？"老者向路旁一闪，恍惚间让人感觉他单薄得像一张纸样。他用手一指说，"你看。"父亲向路边望去，影影绰绰一个破败的村落，残垣断壁，在雪的覆盖下显露出不甚规则、单调而衔接着的曲线。"都并村咧，"老者说，"有后人的都来帮着搬家到新村去咧，这里就剩了我们几个老绝户头了。""噢！四叔呀，原来是这样！你还是等雪停了再出来打扫吧。""不是呵，我是怕雪下厚了，把我的屋压趴了。"而后老者向旁边指了指，"到我草棚那边避避雪吧。"父亲果然就拢着手去草棚边沿棚壁蹲了下去，这里背风，果然暖和了些……大姐夫从迎面方向一路冒雪来寻，看到父亲浑身是雪蹲在路边不远处的一条垄沟里，他记得这沟边原是一片墓地，前些年墓地被推平了，变成了耕地。"大！你怎么在这里？快来我背你回家吧。"父亲懵里懵懂地望望，有些回不过神来，"我这是在哪儿呀？怎么来的？"雪，依然在静悄悄地降落，四野一片白茫茫。父亲倚过的垄沟壁上，一丛干透了的枯黄的草向下奍拉着，有些参煞的蓬松……

郭西元说我父亲是山东农民的那种典型形象，这话十分贴切。父亲就是千千万万个像他一样的齐鲁汉子中的一员，一个地地道道的生活在社会底层的农民。他们这代人经历过封建旧社会，又历经了战乱的年代，一路跌跌撞撞而来，虽几经挣扎，但那穷早已是穷到了骨子里。他们虽然赤膊露体、穿戴粗俗，又没文化，但精人能人却是灿若群星，层出不穷！这代人所经受的种种苦难在我心里留下深深印记，这正是我万分疼爱父亲的缘由。父亲是我心底永远的痛！他也使我明白了要珍爱生命，珍惜社会发展所带来的进步与幸福。《亲情留痕》版块记叙、抒发了我对其他亲人的那份真情，只是因着墨不多而略显单薄。《河畔牧歌》是我尽心营造的一个心仪的版块，是我热爱家乡的精神寄托。数十年来我从不敢故地重游，因为时常听说"柳林被砍伐殆尽啦，黄沙被村里拍卖啦，河道断流、采砂挖出大坑啦"云云，唯恐实地惨状击碎了我心目中那片充盈着神圣绿色的西河崖之梦。近几年听说渠河两岸正在治理，还有了"河长"，人们大抵终于明白了"青山绿水就是金山银山"的道理。《随笔拾遗》本是一个更为自由，更宜放笔抒怀的版块，但却需要更好地经营与遴选。而《友情无价》主要是写郭西元文人画成功之路的心路历程以及对他诗书画印的见解与评介，其中也不乏他与我谈诗论画及我们深厚情谊的阐述，这个版块的文章大都在《中国画廊报》等报刊上发表过，但觉得仍有必要收入文集中。岁月蹉跎，想当年与西元在中学美术组学画，校方及亲友并不支持。这缘于当时本省无艺术院校可考，出省艺考尚无成功先例所致。一起画画的同学又陆续退出，唯我二人苦苦支撑着坚持学下去，委实不易！然文集中却没有记录这段心路历程的文章，实为憾事。诚然，出此文集，遗憾也绝非仅限于此。